KB195018

전하고 싶은 말이 있어서

오늘이 왔어

전하고 싶은 말이 있어서

말이 있어서

Photo Essay

오늘이 왔어

오진원 글

원승연 사진

오늘산책

차례

1. Legato

2. Tutta la forza, con

3. Ma non tropo

4. Rilasciando

당신이 사랑하고 있기에

봄이 옵니다

사랑받고 싶은 간절함이

겨울을 봄으로 태어나게 했듯

이별은 헤어진 당신이

여전히 헤어지지 못한

당신에게로 보내는

문밖의 계절입니다

1. Legato

높이가 다른 음과 음 사이를 이어서

지나간 사랑의 밤

너에게도 그런 날이 있었을 테지
혼잣말이 유일한 위로가 되던 밤이
뒤돌아 가기에는 너무 늦었고
걸어가기에는 한없이 무거운 자책의 밤이
오늘이 내일의 전부가 아니길 바라며
어린애 같은 소망을 읊조리는 침묵의 밤이
이해 못 할 세상이 이해되는 슬픔의 밤이
울리지 않는 전화기만 바라보는 기다림의 밤이
사랑을 밀어낼수록 사랑할 이유만 남겨지던 밤이
나에게도 이런 날이 있듯이
너에게도 그런 날이 있었을 테지
이별마저 납득이 되는 지나간 사랑의 밤이

당신이 누구라도 여기 있다는 게 중요해

당신이 누구라도 여기 있다는 게 중요해. 원치 않은 모습이라도 그것이 당신의 전부라고 하더라도 당신이 지금 여기 있어줘서 고맙다고 말해주고 싶어.

당신은 가진 것이 많지 않을지도 몰라. 얻기보다는 손해 보는 쪽이거나 자기를 위한 삶을 선택해보지 못한 사람일 수도 있겠지. 사랑을 지키느라 사랑받는 법은 몰랐던 사람, 다른 이의 눈물을 닦아주느라 맘속 상처는 외면하며 살아온 사람인지도 모르지. 가진 전부를 주고도 허탈감만 되돌려받은 사람, 함께 있어도 혼자라는 마음에 허덕이는 인생은 아니었을지.

당신이 어떤 사람이든지 여기 있다는 게 중요해. 당신은 사랑하고 싶은 거잖아. 내가 그렇듯 살고 싶은 거잖아. 우리 인생에 한 사람쯤은 그런 말을 해주었으면 좋겠어.

너의 인생을 이해한다는 말 대신에
그저 너라서 고맙다는 그 말.

자물쇠와 열쇠

자물쇠는 열릴 순간을 위해서 닫혀 있다. 내 마음이 잠겨 있는
이유는 그대를 기다리기 때문이다. 나를 여는 건 오직 그대뿐이
고 인식될 수 있는 암호는 사랑이 전부이다.

어떤 운명이

어떤 운명이 나를 사랑에게로 데려가는 중이라면, 나는 길고 긴 시간을 헤맨 후 사랑을 만났을 때 무슨 말로 인사해야 할까요. 너무 늦어서 미안하다고 해야 하나요. 참 많이 기다렸다고 해야 하나요. 어떤 운명이 사랑을 나에게로 데려오는 중이라면, 사랑은 나를 만났을 때 이렇게 인사해주었으면 좋겠습니다. 너만을 기다렸다고. 오직 너만을 위해서 살아왔다고. 그러니 우리 사랑하자. 사랑을 해보자. 이제 더는 헤어지지 말자.

관계의 초기화

새로운 일이 두려워서 시작도 못 하고 사는 경우가 많다. 사람들이 약속이라도 한 듯 스마트폰을 살 때 나는 끝까지 2g 핸드폰을 놓지 못했다. 백업이 뭐고 동기화는 또 뭐고. 얼마 전에는 비밀번호를 까먹는 바람에 핸드폰을 초기화해야만 했다. 핸드폰에 저장해둔 연락처와 메모들이 한순간에 날아가버렸다. 지금은 사용하지 않지만 버리지 못한 2g 핸드폰 하나를 서랍 구석에서 찾아냈다. 지난 인연도 잃어버린 인연도 옛 핸드폰에는 그대로 남아 있었다. 한 사람 한 사람의 이름을 초기화된 핸드폰에 다시 저장하면서 알았다.

내게 얼마나 많은 인연이 있었는지.
내가 얼마나 많은 인연을 잃었는지.

우리가 서로 주고받았던 행복과 절망의 깊이가 지금의 나를 만들어주었을 테다. 때로는 먼저 손 내밀 아량도 필요했지만 상대가 손을 잡아주기 전까지 나는 계속해서 뒤로 밀려나며 살았다. 상대를 제대로 알기도 전에 속단하며 방어진을 친 날도 많았다.

어긋난 관계를 돌이켜보려는 노력보다 어긋남의 이유에 집착하며 상처만 되새김질한 무의미한 시간이 있었다. 그동안 나는 관계의 배터리를 얼마나 소모했을까.

좋은 사람이 되고 싶었다.
그래서 있는 그대로의 내가 될 수 없었다.

누군가의 마음에 나는 어떤 기억으로 저장되어 있을까. 이미 삭제된 기억은 아닐까. 나의 마음을 보호하려고 너의 마음은 지켜주지 못했다. 솔직하지 못한 마음으로 너를 대하면서 진심을 기대하는 어리석은 관계에 매달리기도 했다.

핸드폰을 초기화하듯 관계도 초기화할 수 있을까.

속도가 뒤처지고 용량이 턱없이 모자란 나를 끝까지 기억하고 붙잡아준 인연을 마음에 담듯 재입력했다. 한때는 아꼈던 이

제는 멀어진 이들에게 잘 지내고 있느냐는 문자를 보내고 싶었
지만 아직은 시작보다 망설임이 더 컸다. 관계의 초기화를 위한
업데이트 시간이라 여기고 싶었다.

새로운 시작을 위해서는 필요 없는 용량을 정리하는 일이 먼
저일 거다. 비워지고 나야 다시 채울 수 있을 테니.

완벽한 관계란 없다.

시간이 필요한 관계가 있을 뿐이다.

사랑은 고장 난 전화기였어

사랑은 고장 난 전화기였어
겨우 용기를 내어 전화를 걸어봐도
부재 중이거나 통화 중이었고
지금 거신 번호는 없는 번호라며
같은 말만 되풀이했지

지구가 이렇게 큰데
나를 사랑하는 사람이 없다는 건
무음 같은 시간이었어

그래서 숱한 시간을
내 부족함만 탓하느라 몰랐던 거야

애초에 나로부터 착신이 금지되어 있었단 걸

내가 원하는 사랑의 모습을 단정지은 채
잘못된 다이얼을 눌렀던 거지

이토록 작은 나라도
사랑하겠다는 마음

이토록 작은 너라도
이해하고 품겠다는 마음

네 마음에 깊이 저장된
음성사서함을 기억해
그 소중한 마음으로부터
다이얼을 다시 누르면

여보세요?

　　　여보세요?

　　　　　여보세요?

　　　　　　　　사랑의 목소리가 들려

우린 거기서 왔어

80억 인구 중에서 나는 한 사람일 뿐이겠지. 우주에서 보면 보이지도 않을 테지. 먼지처럼 부유하다가 잠시 창가에 닿은 거겠지. 나는 바닷물에 반짝이는 햇빛보다 더 아스라이 흘러가는 사람이겠지. 가벼운 찰나의 시간인지도 모르지. 이런 내가 너를 만났어. 80억 인구 중에서 어쩌면 영원히 스쳐 지나가지도 못할 사람 가운데 너를 발견하고 너에게 깃들었어. 우주는 멀리 있는 게 아니야. 네 마음의 궤도에서 나는 떠돌고 있어. 너라는 행성의 별이 사라지고 태어나는 순간을 보며 나의 뿌리가 사랑임을 느껴. 어떤 해석도 이유조차 필요치 않은 오직 사랑만으로 탄생하는 시간,

우린 거기서 왔어.

외로움에도 길이 있다면

그거 알아? 아기는 엄마 심장 소리를 들으며 큰대. 나도 네 마음 안에 고동치는 맥박을 듣고 싶어. 우리가 함께라는 믿음만으로도 이방인 같은 외로운 삶에 뿌리내리는 기쁨을 느끼게 될 거야. 어디로 가는지 알 수 없지만 하늘의 길을 따라 뻗어가는 한 그루의 나무처럼,

사랑이란, 서로의 뿌리를 찾아가는 여행이 아니겠니.

눈물은 어디서 왔나

갑작스럽게 눈물이 흐른다. 슬픈 일도 없는데 까닭 없이 흐르는 이 눈물은 어디서 온 것일까. 사는 동안 놓쳐버린 나 자신은 아닐까. 해가 지날수록 인생을 돌파해낼 용기보다 타협하는 방향으로 중심이 기울어진다. 겉으로는 희망을 말하면서 내 안엔 낙담하기 전에 도망쳐버리는 겁쟁이가 들어앉아 있고, 어느 순간 그 겁쟁이가 인생을 조몰락거리며 희망이란 승산 없는 싸움이라고 가르친다. 신중이라는 말로 스스로를 적당히 위장할 줄도 알게 되었다. 약해질 이유를 찾느라 정작 내가 얼마나 강한 사람인지 잊고 산 건 아닌지.

그럼에도 나는 희망에 서 있고 싶은 사람.
당신이 내 손을 잡아주지 않아도 손을 뻗고 싶은 사람.

지금 흐르는 이 눈물은 겁쟁이에게 보내는 나의 뜨거웠던 열망일 것이다. 내게도 그런 시절이 있었다. 사랑이 전부였던 한 시절, 그리고 그 믿음이 지금의 시절을 건너가게 하는 나의 전부이다.

당신에게 솔직하지 못했던 이유

아무렇지 않게 웃고 떠드는 일이 누군가에게는 자신의 무게를 전부 쏟아서 하루를 버티는 방법이라는 걸 가까운 사람이 모른 다는 건 참 슬픈 일.

당신만 아픈 게 아니에요. 누구나 다 그래요.

그렇게 말하는 사람을 보면 주먹을 움켜쥐고 있으면서 손을 잡으라고 하는 것 같아.

누구나 다 아프다는 건 알아. 다만 나는 당신에게 그냥 누구 같은 사람은 아니었으면 했어. 자신의 말 못 할 상처가 일반화되길 원하는 사람이 어디 있겠어.

하나의 예시가 아닌 유일한 의미로 나를 이해해줄 수는 없었을 까. 그럼 나는 거짓말하지 않고 당신 앞에서 편히 울 수 있었을 텐데.

우리는 외로운데 왜 '좋아요'만 누를까요

J, 그녀에 대해 말하자면 나와는 정반대의 사람이라 하겠습니다. 그녀는 주목받기를 좋아하고 사람 안에서 에너지를 얻는 타입입니다. 반면 나는 누구의 관심도 방해도 없는 시간을 중요하게 여기는 편이지요. 어디에도 주눅 들지 않는 J의 전투적인 활발함과 주변 상황을 개의치 않는 솔직한 성격이 매력으로 다가오는 때도 있었습니다만, 그 넘침이 피로감으로 전이되기도 했습니다. 손해 보는 걸 싫어하는 계산적인 태도는 무례함으로 느껴지기도 했지요. 웬만하면 평화롭길 바라는 내 기질로는 가까워지기 어려운 부류였습니다.

우리는 오래 본 사이도 아니고 속마음을 털어놓을 만큼 깊은 사이도 아닙니다. 그런데도 그녀는 가끔 전화를 걸어와 자기 속내를 술술 털어놓았습니다.

별의별 이야기를 다 하고는 '언니에게 이런 이야기 할 수 있어서 너무 좋아'라는 말을 언저리에 꼭 덧붙였지요. 그녀는 긴 시간 자기 말을 들어주는 나를 호의적으로 생각했을지 모르지만 나는 모든 면에서 판이한 그녀에게 보이지 않는 선을 느끼곤 했습니다.

그녀의 말을 참고 들어준 이유는, 내 마음이 넓어서도 그녀를 이해하기 때문도 아니었지요. 단지 나는 거절하는 것이 서툴러 모질게 행동하지 못했을 뿐입니다. 솔직히 말하면 누구에게도 상처 주기 싫은, 좋은 사람이라는 평판을 유지하고 싶은 태도에 기인한 습관이기도 했습니다.

이런 내 마음을 알 리 없는 그녀는 한 주간 어떻게 살았는지 친언니에게 말하듯 내게 재잘거렸지요. 그녀는 인스타 팔로워가 꾸준히 늘고 있는 상황에 한창 고무되어 있었습니다. 자기가 얼마나 많은 '좋아요'를 받았는지, 많은 인친이 생겼는지를 한껏 들떠 얘기했습니다. 요즘엔 광고 협찬도 들어온다고 자랑을 늘어놓았지요. 그 말을 하는 와중에도 다른 팔로워들의 게시물에 '좋아요'를 누르느라 분주했고요.

: 정말 그 게시물이 좋아서 '좋아요'를 누르는 거야?

그녀는 눈을 동그랗게 뜨고 나를 보았습니다.

: 이렇게 '좋아요'를 눌러주면 이 사람들도 내 게시물에 '좋아요'를 눌러줘요. 상부상조죠.

: 그건 진짜로 좋아하는 게 아니잖아.

반문하는 내게 그녀가 말했습니다.

: 왜 이렇게 매번 진지해요? 진짜로 좋아해주는 사람을 이
  세계에서 어떻게 찾아요. 그냥 보여주기용인데.

: 보여주는 게 그렇게 중요한가.

나의 반응이 답답했는지 그녀는 한숨을 내쉬더군요.

: 언니는 필요 없다고 생각할지 모르지만, 보이는 게 중요한
  사람도 있어요. 그렇게라도 해야 한 번은 봐주니까요. 우리
  는 다 외로운 사람이잖아요….

항상 당차고 열정적인 J의 입에서 외롭다는 말이 나오는 순간
나는 당혹스러움을 감추지 못했습니다. 화려한 웃음 뒤에 감춰
진 고요한 침묵이 그녀에게도 있다는 걸 처음 엿보아서였을 겁
니다.

넌 항상 밝게만 보여서 외롭다는 감정과는 멀리 있는 사람인
줄 알았어. 그녀가 조용히 웃더군요. 모르는 사람의 인스타에 수
많은 '좋아요'를 누르고 '좋아요'가 되돌아오길 기다리는 J를 지켜

보면서 문득 그런 생각이 들었지요. 이 세상에 외롭지 않은 사람은 없을 텐데 왜 그녀는 다를 거라고 생각했을까. 상반된 감정만을 들추느라 닮은 점은 알아보지 못했나 봐요.

나와 많이 다르다고 여긴 사람이 실은 비슷한 사람일 수도 있다고 생각하니, 그녀의 전화를 마지못해 받아주던 때가 떠올라 미안한 마음이 들었습니다. 나는 그녀가 듣고 싶어 하는 말만 계산적으로 해주며 언제 전화를 끊어야 하는지 타이밍을 헤아렸지요. 진심은 뒤로 감춘 채 보여주기식 게시물처럼 인간관계를 유지해왔는지도 모르겠어요.

기울어진 시선으로 상대를 평가하느라 본모습은 제대로 보지 못하는 경우가 허다하다는 걸 알면서도 우리는 매번 그 진실을 놓치곤 합니다.

언니, 잘 지내요? 새해 복 많이 받아요. 지난 한 해 가장 감사한 사람을 떠올리니 언니가 생각나서요. 내 이야기를 들어줘서 고마웠어요. 제일 먼저 인사하고 싶었어요. 건강하세요.

새해가 되고 처음으로 도착한 J의 문자를 찬찬히 눈길로 읽었습니다. 첫눈처럼 다가오는 그녀의 안부는 넘침 없는 깨끗한 표정이었습니다.

어느 순간 서먹해져 전화도 않는 사이가 되었지만 잊지 않고 안부를 건네는 마음이 고마웠습니다. 인연이란 서로의 회선回線이 되어준다는 의미는 아닐까요. 우리는 때로 상대에게 답을 바라서가 아니라 나의 말을 들어줄 존재가 있다는 사실에 위안을 얻기도 하니까요.

어쩌면 살면서 그어놓은 선이 나를 지켜주기도, 나를 가두는 한계가 되기도 했을 테지요. 그 선 안으로 늘 먼저 다가와준 J. 과하다 생각했던 관심의 표현조차 많은 용기를 필요로 한 노력이었을 거라 생각하니 문자를 보내기까지 망설였을 그녀의 마음이 참 외롭게 느껴지더군요.

우리는 멀리 있어도 우리의 외로움만은 서로에게 맞닿아 있는 회선인가 봅니다.

잠깐 비가 왔다

창문을 열면
아카시아 향기가 나는 계절이 돌아왔다
너와 함께 아카시아 향기를 맡던 시절은
돌아오지 않지만
향기는 남아 추억을 물들인다

이제는 거기 네가 없다는 것을 안다
여전히 뒤돌아보는 버릇을
버리지 못했을 뿐

우리는 정말 사랑했을까
아니었을까
사랑이 아니라면
불쌍한 우리 사랑은 어디에 있나

아카시아 향기가 돌아오듯
지나간 사랑을 덮을 수 있는 건

또 다른 사랑의 향기다.

그래, 잠깐 비가 왔다고 생각해
꿈이었다고 생각해

하지만 비 온 뒤 더 무거워지는
아카시아 향기는 무엇으로 막아야 하나

나는 여전히 당신 생각을 해요

당신을 만난 건 봄이었고
헤어진 것은 겨울이었습니다
이별에 익숙해지기까지 몇 해의 봄이 지나가고
민낯으로 마주 선 겨울이 왔습니다
가끔 당신과 함께 걷던 거리를
하염없이 떠돌곤 했습니다
내 안의 빈 페이지에 계절이 남겨지는 동안에도
당신 없이는 어디로도 지나갈
용기가 나지 않았습니다
한강이 얼었던 어느 해 겨울
당신을 오래 잊고 지낸 것을 알았습니다
당신의 전화번호가, 얼굴이,
이제는 웃음마저 까마득해지더군요
언제나 마음의 끝에서 부르고 싶었던 이름이
먼 불빛처럼 시렸고요
당신도 가끔 내 생각을 하나요
나는 여전히 당신 생각을 해요

사랑의 과거는 이별의 현재일 뿐이므로

나는 그저 사랑합니다

이런 사랑이라도 괜찮다고 지나간다고

저 얼어붙은 한강의 차가운 공백을

이해하며 나는 살아갑니다

어떤 이론으로도 정의될 수 없고
무엇과도 비교될 수 없는

당신을 이해하기에 마음을 멈추는 길밖에 없다는 걸 압니다. 언젠가는 다시 오지 않을 마음을 우두커니 혼자 바라보는 밤입니다. 대책 없이 까닭 없이 정처 없이 마음은 혼자서 언덕을 넘어 갑니다.

나는 어떤 이론으로도 정의될 수 없고 무엇과도 비교될 수 없는 의미가 되고 싶습니다. 당신의 전부가 되고 싶습니다. 닿고 싶은 건 언제나 멀리 있고, 잡고 싶은 건 내 것이 아닙니다. 사랑이 없어도 살아질까요? 끝내 살아지고야 말까요?

그렇다는 대답은 차마 하고 싶지 않습니다.

아직은 믿고 싶지 않습니다.

진심의 온도

꽃이 피는 건 필 수 있다는 꽃의 믿음 때문이었을 겁니다. 꽃은 그냥 자기여서 좋은 겁니다. 피어남의 충만한 기쁨을 누리려고 꽃은 태어납니다. 지금 이 순간 그대를 위해 태양은 빛납니다. 강물은 흘러갑니다. 그대가 믿지 않는 내일을 앞서 믿어주며, 그대가 사랑하지 않는 그대를 대신 사랑해주며, 아주 작은 소망이라도 지키려고 저 별은 마음을 다해 불을 밝혀줍니다.

그대는 그대에게 얼마나 진심입니까?

봄봄

나도 저리 예뻤던 때가 있었다

모든 사랑의 시차가 오차라 해도

우리의 장애는 우리의 과거를 믿는 것이다

너와 가까이 있고 싶어

나는 좋은 사람 말고 그리운 사람
그리운 사람 말고 곁에 있는 사람
곁에 있는 사람 말고 너의 사람
너의 사람 말고 네가 되고 싶어
너와 가장 가까이 있고 싶어

창문을 여는 사람들

서로 숨 막히게 붙어 서서 앞뒤 풍경과 빛을 잘라 먹고 살아가는 빌라 단지에 어느 날부터 아기 울음소리가 들리기 시작했다.

방음이 되지 않아 이웃집에서 조금만 쿵쿵대도 참지 못하던 사람들이 창문을 열어놓은 것이 그때쯤이었다. 햇빛을 품은 따사롭고 보들보들한 웃음소리도 간간이 들렸다.

슬그머니 창문을 열고서 김이 나는 밥 한 그릇을 받아먹듯 아기 울음소리를 집 안으로 들였다. 태어나줘서 고맙다. 나도 다시 시작하고 싶다. 너의 온기처럼 아직은 살아보고 싶다.

열린 창문마다 그런 고백들이 별빛처럼 매달린 것을 보았다.

달을 걷다

울고 싶을 때는 어떻게 하니?
나는 그냥 걸어
걷다 보면 알게 돼
난 지금 울고 싶은 게 아니구나
울어야 할 이유를 찾고 싶은 거구나
그 마음을 확인하면 오히려 안심돼
내 약함이 보이기 시작했다는 건
그만큼 단단해졌단 뜻일 테니

울지 않기 위해 울었던 세월들
뼈아픈 상처는 다 뼈가 되었음을

뒤돌아보면 그 자리에

점점 잦아들며 내리는 비가 아장아장 걷고 있는 오후다. 먼 데서 낮은 목소리로 뒤따르는 햇빛은 서두르지 않는다. 아가, 천천히 가, 할미가 뒤에 있으니, 겁은 먹지를 말고….

내 뒤를 지켜봐주시던 외할머니 그리운 음성이 물기처럼 번지는 여름이다.

뒤돌아보면 그 자리에 있던 고마운 사람들이 모두 떠났다. 외할머니, 외삼촌, 작은이모… 나를 키워주고 사랑해준 사람들의 이름을 애서 속으로 삼킨다. 그리움이 닳아버릴까 봐 애틋하게 아껴둔다. 왼 가슴 오른 가슴이 잘린 마음으로 버티다가 고개를 들면 눈부시게 웃던 모습들이 눈앞을 오래도록 서성인다.

나를 사랑해준 사람들을 기억하는 일은 소중한 사람들에게 받은 소중한 인생을 잊지 않으려는 노력이다. 사랑에 빚진 마음으로 하루를 살고 깊은 사랑을 품는 마음으로 내일을 맞는다.

꾸벅꾸벅 졸면서 종점까지

첫 문이 열리고 마지막 문이 닫힐 때, 시작은 끝에 온다, 나는 두
렵지 않다, 지금 두려운 건 버스가 정차하는 순간, 너의 옆모습
을 더는 볼 수 없는 것, 아프지 않게 울 순 없을까, 유리창을 통
과하는 저 햇빛처럼, 나는 왜 널 마주 보지 못했을까, 꾸벅꾸벅
졸면서 종점까지, 손잡이에 의지한 채, 꾸벅꾸벅 졸면서 너를
사랑했다,

눈물약

눈물이 없다면
사랑을 어떻게 증명할 수 있을까
내 안에서 흘러내린 눈물은
너를 놓아주는 법을 가르쳐주었지

당신이 만약

당신이 만약 죽을 만큼 외롭다면, 그건 당신의 사랑이 당신 마음보다 크기 때문이에요. 눈물은 비어 있어서가 아니라 넘치고 있기에 흐르는 겁니다. 누군가 당신에게 외로워 보인다고 말한다면, 사랑하고 있어서라고 말하세요. 사랑은 강합니다. 그러나 사랑할 때 당신은 사랑보다 더 강해집니다.

그 남자의 잠버릇

                    그 남자는 팔을 위로 쭉 뻗고 자는 버릇이 있었다. 어쩌다 몸을 옆으로 뉠 때도 만세 자세를 유지했다. 독립투사인가. 해방의 날은 멀었다. 아침 일곱 시에 출근해서 밤 열 시까지 시도 때도 없이 야근하던 남자는 집에서는 한마디도 하기 싫은지 입을 꾹 다물고 텔레비전만 봤다. 시간을 맞춰서 집에 놀러 가지 않는 한 서로 얼굴을 보기도 힘들었다. 가끔 밑반찬을 챙겨 남자 집에 가면 그는 녹초가 되어 침대에 뻗어 있기 일쑤였고, 어떤 날은 만세 자세로 잠든 모습만 보고 돌아오는 때도 있었다.

나는 벌을 서는 아이와 같이 그 남자의 기분을 맞춰주려 애를 썼다. 나에게 전화 한 통 하는 시간보다 쉼이 더 간절한 그 남자에게, 나와 눈을 마주치고 대화하기보다 어떻게든 잠자는 시간을 늘리려는 그 남자에게, 내가 있다는 걸 잊어버리는 그 남자에게,

벚꽃 보러 가기로 했잖아. 왜 여기 있어?

기억도 못 할 약속을 지키기를 바랐던 건 지나친 욕심이었을까. 내 인생의 버킷리스트 중 하나였던, 연인과 함께 벚꽃 보러 가는 일을 올해는 기어코 이루어주겠다던 남자는 세 시간 동안 여의도에 나를 홀로 내버려둔 채 집에서 만세를 외치며 자고 있었다. 며칠 동안 야근에 시달렸을 남자를 깨우려다가 그만두고, 소파에 앉아 우리에게 몇 번의 벚꽃이 남았을지 생각해보았다.

벚꽃이 피는 동안 내 인생이 지고 있는 것을 느꼈다. 어떻게든 남자를 이해해보려고 안간힘을 썼지만 내 속도 모른 채 남자는 꼼짝하지 않고 잠에 빠져 있었다. 얼마나 갑갑하면 자면서도 만세를 부를까. 당신의 잠버릇은 나를 못 견디게 해. 코를 심하게 골거나 이를 가는 것도 아니고 몽유병 환자도 아니지만,

새 같다고? 그럼 넌 뭔데? 새장.

늦은 밤 전화를 받아준 친구는 어이가 없는지 한동안 말을 하지 않았다. 비가 내리고 있었다. 빗방울이 얼마나 오래 깊은 곳까지 스며들 수 있는지를 생각하는 건 괴로운 일이었다. 나는

다리를 그러모으고 앉아 전화기 너머에서 무슨 말이라도 흘러
나오기를 기다리고 있었다. 적막한 어둠 가운데 점점 더 또렷해
지는 건 나 자신이었다.

그 남자만 있으면 무엇이든 견뎌낼 수 있다는 의지가 거짓말
처럼 무의미해지는 것을 타인이 되어 지켜보았다. 무수한 고비
를 넘어가면서 지켜온 사랑인데 겨우 잠버릇 때문에 이별을 생
각하게 될 줄은 몰랐다.

너 결혼 안 할 거야? 언제까지 이팔청춘인 줄 아니? 다들 그렇
게 살아. 참거나 잊는 거야.

전화를 끊고 나서도 한참을 그대로 있었다. 내가 견딜 수 없는
건 오늘이 내일의 전부일지도 모른다는 막연함이었다. 마음을
가다듬고 남자의 자는 모습을 바라봤다. 함께 마주한 기억보다
외면하는 순간이 많아진 현재의 우리를 사랑이라고 말할 수 있
을까.

당신 참 수고가 많다. 그 따듯한 한마디를 더는 내가 해주지

못해도 당신은 괜찮을까. 당신도 이렇게 살고 싶은 건 아니겠지. 양복 안주머니에 늘 사표를 넣고 다니면서도 꺼내볼 생각조차 못 하는 당신을 탓하려는 게 아니야. 어쨌든 당신은 살기 위해 발버둥치고 있는 거니까. 나는 그저 우리가 무엇을 위해 살아가는지를 잊어버린 지금이 두려운 거야. 한때 우리는 서로의 버킷리스트를 밤새도록 떠들며 마치 그날이 이뤄진 듯 충만했었지. 지금 우리를 봐. 눈을 뜨면 오래전 꿈이 생각날까 봐 바닥이 없는 잠 속에 빠진 우리를.

　365일 같은 노선으로 움직이며 어느 날 우리 인생에 남은 벚꽃이 더는 없다는 걸 깨달았을 때 아프지 않을 자신이 있어? 비겁해지지 않을 용기가 있어? 서로의 꿈을 기억하던 시절 미래는 우리의 웃음 속에 있었고,

　우리는 참 따뜻했었지.

　당신의 눈을 바라보던 날들, 내 차가운 손을 처음 잡아준 비 내리는 버스 정류장을 기억해. 나는 단발머리를 좋아하는 당신

을 위해서 긴 머리를 잘랐어. 당신 때문에 식성도 바꿨지. 운동화 대신 하이힐을 신었고, 클래식 대신 발라드를 들었어. 당신이 원하는 거라면 무엇이라도 되고 싶었어. 그러는 동안 나는 내 버킷리스트를 잊어버린 거야. 내게 어떤 꿈이 있었고 어떤 사람이 되고 싶었는지 기억이 나지 않더라.

이것 봐, 우리는 오늘 벚꽃을 보러 가기로 했잖아. 당신은 내가 무슨 말을 하려는 건지 모르겠지. 나는 벚꽃을 말하는 게 아니야.

잊어버린 우리,

너
와
나.

남자의 쭉 뻗은 팔을 이불 속에 넣어주고 마지막 시간을 다하는 마음으로 그를 껴안아주었다. 그의 숨소리가 내 안으로 아프게 스며드는 것을 느끼며 이별 후에 올 여진을 감내하려고 노력

했다. 이별을 연습하는 게 부질없는 줄 알면서도 어떻게든 내가 내린 선택에 대해 납득할 이유를 찾고 싶었다. 쌀을 씻어 밥을 안치고, 고기를 재어 굽고, 콩나물국을 끓이고, 계란찜을 하고 처음 그 남자에게 차려줬던 저녁 식탁을 떠올렸다. 아마도 밥과 국이 다 식은 후에야 당신은 홀로 이 식탁에 앉아 내가 왔다가 갔구나 할 것이다.

당신 자리에 미리 앉아서 맞은편에 앉아 있을 나를 떠올렸다. 당신 앞으로 음식을 밀어주며 조금이라도 더 먹게 하려고 안절부절못하는 내 모습을 봤다. 나는 언제나 당신에게 우선이 되지 못했다. 왜 그래도 괜찮다고 여겼을까. 당신을 위해서라면 나는 차선이 되어도 상관없다는 태도가 나 자신을 이토록 흐릿하게 만들었을까. 그저, 왔다가 가버린 사람처럼….

날개를 잃은 새에게 하늘은 자유가 아니야. 새장이지. 사랑이 그렇게 가르쳐준 것도 아닌데 나는 당신이라는 작은 새장이 사랑이라고 믿으며 그곳에 들어가려고 내 날개를 꺾었어. 열린 새장 밖으로 나갈 생각조차 하지 않은 채 머리 위에 하늘이 있다는 것도 잊었지.

알아, 이건 당신 잘못이 아니야. 결국 나는 나라는 새장에 갇힌 거니까. 나를 혼자 내버려둔 건 당신이 아니라 나였으니 더 늦기 전에 과거의 나와 헤어지고 싶어. 나는 산소통도 없이 당신이라는 달로 뛰어든 우주인이지. 내 슬픔이 이해가 된다면,

당신은 이제 중력을 배운 거야.

그와 헤어지고 세 번의 계절이 지나간 뒤에야 벚꽃을 보러 갔다. 세상의 체감온도는 더할 나위 없이 차가웠지만 나는 내 인생의 버킷리스트를 하나쯤 이룰 수 있다는 사실에 괜찮아졌다.

발걸음마다 향기가 따라오는 길을 걸으며 당신을 생각했다. 당신에게 이런 사람이고 싶었다. 끝없는 기쁨과 격려, 한결같은 믿음과 헌신을 보내주는 사람. 생각하면 웃음이 피어나는 사람. 당신의 고통을 대신 짊어져서라도 당신만은 덜 아팠으면 했다.

지금 내가 후회하는 건 당신을 사랑했다는 게 아니다. 왜 당신을 사랑하면서 나 자신은 사랑하지 못했느냐지. 당신의 발걸

음만 보고 따라가느라 벚꽃이 핀 줄도 몰랐다. 그때 나도 한 번쯤 소리 내어 스스로에게 참 예쁘다고 말해줄 수도 있었을 텐데 나는 그게 후회가 된다. 당신을 기억하는 동안 나를 잊고 살았다는 거. 나에게 한 번도 욕심부리지 못했다는 거. 좋아하는 벚꽃이 피었는데 나는 이제 꽃을 보고도 철없이 웃지 못한다.

    그땐 너도 어렸잖니.

    벚꽃이 내게 건네는 말을 듣는다. 사랑이란 게 그렇지. 꽃 핀 줄 모르게 피고 꽃 진 줄 모르게 지는 거지. 따지면 무엇하겠어. 손해 보는 싸움이라고 생각하지는 마. 사랑했으면 그만이지. 무엇을 더 바라니. 수많은 외로움 속에서 벚꽃이 되어준 사람들. 지금 네 머리에 떨어지는 저 벚꽃들은 그들이 네게 보내주는 고마움과 미안함, 또 다른 격려일 수도 있잖아.
    그러니 이제는 너도 그만 이별을 지나가.

    손을 뻗어서 떨어지는 벚꽃을 잡으려는 순간, 그 남자의 잠버릇이 생각났다. 당신은 요즘도 그러는지. 손을 뻗고 자는지. 자는 동안에도 피곤한 삶을 살고 있지는 않은지. 당신은 무엇을 잡으려고 했던 걸까. 아니면 무엇을 놓으려고 했던 걸까. 나처럼 과거의 우리를 생각하며 긴 밤을 뒤척이는지. 아직 봄이 오지 않은 겨울을 걷고 있는 건 아닌지.

나는 당신을 기억한다. 음악이 꽃으로 피는 봄을 본다. 봄이 음악으로 태어나는 순간을 본다. 우리 삶에 남은 벚꽃을 본다. 언젠가 당신이 우리의 추억을 부를 때 그곳에 벚꽃이 피어 있기를. 괜찮다면 당신,

창 문 을   열 어 .

2. Tutta la forza, con

온 힘을 다하여

프리즘

그대를 생각하면 웃음이 납니다. 명치가 아리다가 어느 순간에는 누군가 내 머리를 쓰다듬어주는 것처럼 녹진해져요. 넌 잘 살아왔어. 너는 할 만큼 했어. 너는 사랑스러워. 그런 말을 입 밖으로 내지 않아도 그대의 눈빛에서 몸짓에서 때론 숨소리에서 함께하는 모든 순간 나는 위안받았습니다. 나의 연약함이 그대에게는 아픈 가시였을까요. 그대는 프리즘처럼 각지고 차가운 나를 지나갔습니다. 진실한 빛 하나로 유리벽을 통과해서 수많은 빛깔을 남겨주었습니다. 그대라는 빛깔을 영혼으로 갖고 싶어요. 웃는 기억으로 그대 안에서 다시 태어나고 싶습니다.

너의 인스타에 '좋아요'는 누르지 못하지만

그런 느낌 알아? 내 것인 줄 알았는데 아니라는 걸 깨달았을 때의 망연함. 너와 헤어지고 세상이 무너진 듯 며칠 밤을 지새우고도 배고픔만큼은 참기가 힘들더라.

사랑이란 게, 그렇게 대단했던 녀석이 이별 앞에서 한 그릇 밥보다 못한 거야. 생각해보니 그렇더라. 우리가 함께했던 기억 중에 밥 먹는 시간만큼 성실하고 정직했던 순간은 없었잖니.

마음을 억누르는 것보다 습관을 바꾸는 게 감정을 이겨나가는 데 더 힘이 되는 거 있지. 그래서 너와 헤어진 후로는 되도록 아침을 먹으려고 노력하게 됐어. 밥을 챙겨 먹는 행위는 나를 보살피는 마음이란 걸 알게 된 덕분이지.

전에는 끼니를 무시하기 일쑤였어. 그 습관을 돌이켜보니 나에게 가장 불친절했던 사람은 나 자신이더라고.

왜 부모님이 자식에게 밥 먹었냐는 말을 지겹도록 하는지 이젠 이해가 되더라. 어디 아프진 않으냐? 잘살고 있는 거냐? 밥 챙겨 먹어라. 이 말 안에 숨겨진 다정한 마음, 살아갈 용기를 주고 싶은 뜻이라는 걸.

그래서인지 혼자 밥 먹는 사람을 봐도 외로워 보인다는 생각은

들지 않아. 성실하게 자신을 일으켜 세워 뭐든 해보겠다는 마음의 노력이 보인달까.

나 요즘 밥 잘 먹고 잠도 잘 자. 좋아지고 있다는 신호겠지? 어쩌다 그렇게 된 이별은 없는 거잖아. 더는 아파할 이유를 헤아리지 않는 것만이 우리에게 남겨진 이별의 숙제일 거라 믿어. 후회와 미련보다는 고마운 기억으로 이별을 살아내볼게.

너의 인스타에 '좋아요'는 누르지 못하지만 네가 좋은 삶을 살기를 바라는 마음만은 여전해. 건강히, 잘 지내길 바랄게.

너무 늦은 대답

그때 내가 사랑이라고 믿은 것들이 돌아선 후에야 보였다. 내가 붙잡은 건 사랑이 아닌 사랑이기를 바란 간절함이라는 걸. 내가 사랑에 매달린 건 나 자신을 사랑할 용기가 나지 않아서였는지도 모른다. 나는 날 선 칼로 스스로를 조각내던 사람이었기에 나를 대신해서 사랑해줄 그대가 필요했다. 나를 얼마나 사랑해? 나의 어디가 좋아? 아직도 사랑해? 한없이 쓸쓸해지는 말을 그대에게 던져놓고 책임져야 할 감정으로부터 멀리 도망쳐 있곤 했다.

나를 왜 사랑해?

그 질문이 가슴 아픈 것은, 확인받고 싶어 한다는 건 이미 믿지 못하고 있다는 반증이기 때문이다.

풍경 소리

당신이 나를 생각지 않으시니
내가 당신을 생각할 수밖에요
당신이 나를 기다리지 않으시니
나는 당신을 떠날 수가 없습니다
당신이 멀리 계신 만큼
나는 당신에게 더 가까이 갑니다
나를 잊으세요
당신이 나를 지우면
나는 영원으로 기억할 것입니다

사랑의 오독誤讀

나는 웃고 있었는데 그 사람은 화가 난 줄 알았다고 했다. 나는 그렇게 인연을 시작하는 날이 많았다. 아닌 걸 증명하기 위해서. 나를 제대로 설명하기 위해서. 우리는 자기가 보고 싶은 대로만 사랑을 믿고 해석하는 고질병 환자들이다. 사랑의 뒷모습을 발견할 때 기대한 모습이 아니라고 실망하며 자기 방식대로 사랑을 길들이려 한다. 자신은 그대로이면서 사랑은 바뀌기를 기다리다 쉽게 체념해버린다. 넌 이제 날 사랑하지 않지? 바보 같은 질문을 던지고 먼저 떠날 채비를 한다. 웃고 있는 사람을 화가 났다고 생각하는 어긋난 시선처럼, 우리는 사랑을 오독誤讀하며 열린 결말의 가능성조차 비극이라고 단정 짓는 조급한 독자이다.

유채꽃이 피어

눈을 감으면 보입니다
사랑하는 사람의 모습이요
이제는 나이가 드는지
사랑도 조금씩 희미해지네요
다행이라고 해야 할까요
마음도 나이가 드나 봅니다
추억의 향기는 깊어지고
상처는 옅어지는 것을 보면요
당신에게 나란 사람의 기억도
지나간 계절 같기를 바랍니다
내가 했던 모진 말은 진심이 아니었어요
봄이면 유채꽃 핀 길을 함께 걷고 싶다고
당신에게 따듯한 봄이 되고 싶다고
그런 말을 해주고 싶었는데…
미안한 마음만은 잊지 않았는지
올해도 천변에 유채꽃이 시리게 피어납니다

입춘立春

할머니, 여기서 뭘 기다리는 거야? 그냥 기다리는 거여. 기다리다 보면 오겠지. 안 오면? 아무것도 안 오면? 그라믄 또 기다리는 것이지. 무언가 미안해지면 오겠지. 징그러버서라도 오겠지. 기다리느라 힘드셨소? 안쓰러운 얼굴로 저기 목련이 피지 않느냐.

저기, 별빛까지만

아픈 엄마가 울다 지쳐 잠든 밤
홀로 나와 길을 걷는다

눈물 꼭짓점으로 맺힌
별을 헤아린다

너도 갈 곳이 없나 보구나
지켜줄 사람 하나 없구나

얼마나 아프면 혼자서 우니
얼마나 아프면 혼자가 됐니

엄마

태어나기 전부터

사랑했어요

한여름의 백야

온 힘을 다해 사랑한 사람이기에
온 힘을 다한 이별이 필요해
적당히 사랑했다면
이별도 지나가기 쉬웠을까

너를 용서하기 위해
나를 용서하는 시간을 건너간다

너와 헤어진 후
낮과 밤은 하나가 된다

불면이다
지독한 열대야가 지속되는
한여름의 백야

별에게 묻는다

사랑하는 사람이
사랑했던 사람이 되고
우리였던 순간이
너와 나의 순간으로 나뉘는 시간
함께 걷던 모든 길이
아득하게 멀어진다

통증 없는 아픔이 얼마나 더 계속되어야만
저 별은 불을 끄고 잠이 들 수 있을까

사랑의 가능성

나의 사랑은 야위었다. 눈이 꺼지고 등이 굽었다. 오래 돌아다니
느라 지쳤고 늙었고 굶주린 뱃가죽만큼이나 절망했다. 이제 녀
석은 살아갈 희망보다 죽을 가능성이 더 크다. 그럼에도 내가
사랑을 보살피는 이유는 완전한 체념에서 시작되는 것이 사랑
의 가능성이기 때문이다.

전하고 싶은 말이 있어서 오늘이 왔어

오빠가 아프기 시작한 건 겨울이었다. 걸을 때마다 등 뒤가 아프고 허리가 땅겨 잠을 자면서도 통증이 느껴진다고 했다. 생전 아픈 내색을 하지 않는 사람이었기에 예사로운 일이 아님을 눈치채야 했는데 무심한 나는 그 신호마저 놓쳤다.

오빠는 인내심과 책임감이 강한 사람이었다. 성공해보겠다고 밖으로만 돌아다니는 아버지를 대신해 이십 대부터 엄마와 나를 먹여 살린 가장이기도 했다. 그는 웬만해선 힘들다는 표현조차 하길 싫어했는데 어쩐 일인지 그 해 겨울엔 피곤하고 힘들다는 말을 입에 달고 살았다.

"좀 쉬면 괜찮겠지."

내가 힘내라고 건넨 말에 오빠는 한숨을 깊게 내쉬었다.

"쉴 수가 있어야 말이지…."

오빠의 몸을 괴롭힌 정체가 신장암이었다는 걸 뒤늦게 알게 된 후로 오빠와 나누었던 그 말이 뼈에 사무치게 되돌아왔다. 좀 쉬면 괜찮을 거라니 어떻게 그런 무책임한 말을 할 수 있었을까. 반평생을 내달리기만 했던 오빠에게 편히 쉴 여건조차 만들어준 적이 없으면서 말이다.

　우리 가족에겐 무시로 세 들어 살던 집에서 쫓겨나 거처를 찾아다녀야 했던 방랑의 시절이 있었다. 숱한 냉대와 손가락질에도 가파른 언덕을 포기하지 않고 넘어온 것은 그가 우리의 바퀴가 되어주었기 때문이다. 그는 마모되고 있는 것도 모르는 채 우리를 태운 손수레를 끌고 험한 길을 달려왔다. 스페어타이어 없이 혼자 버텨온 인생이었다.

　　*

　우리 집은 산비탈 아래에 있었다. 폭우가 쏟아지면 비탈에서 떨어진 흙더미가 세 들어 사는 단칸방 입구까지 밀려 들어왔다. 산사태를 대비하여 당장 필요한 물건을 제외하고는 손수레에 실어놓고 살았다. 그곳은 집이라기보다 문짝만 달린 바깥에 가까웠다. 떠나야 하거나 쫓겨나야 하는 막다른 길이었다.

　가벽으로 나눠진 옆방에는 암 말기 부부가 살고 있었다. 두 사람이 번갈아가며 괴로움에 몸부림치는 소리는 새벽이 다 되어야 잠잠해졌다.

"저 사람들 때문에 잠을 못 자겠어. 무서워. 한 사람도 아니고 두 사람이 우니까."

엄마는 기도해주라는 말로 나를 조용히 타일렀다.

"우리는 고작 잠을 설치지만 저분들은 죽음과 싸우는 거야. 애들은 부모님과 이별할 준비를 하는 거고."

이별을 준비한다는 말을 나는 이해하지 못했다. 길고 긴 신음처럼 고통스러운 시간이라는 뜻일까. 내가 이해할 수 있는 건 그 정도뿐이었다. 더는 알고 싶지도 않았다. 가벽 사이로 스며드는 죽음의 공포와 슬픔의 전이가 두렵기만 했다. 나는 저들과 같은 상황이 아니라서 다행이라고 여기기도 했다. 누군가의 불행 앞에서 내 불행의 부피는 줄어들었다. 남매와 내 처지를 저울질하면 나는 혼자가 아니라는 사실에 묘하게 안심이 되었다.

옆방의 아픈 부부를 위해 엄마는 매일 밤 기도를 했다. 종종 옆방 남매를 불러다 아픈 부모를 대신해 밥을 챙겨주기도 했다.

"우리도 먹을 게 없는데 엄마는 우리 생각은 왜 안 해?"

남매는 며칠은 굶었는지 주는 대로 먹어치웠다. 쌀 한 봉지도 사 먹기 어려운 형편에 당장 내일 먹을 것이 걱정이었던 나는 남매가 옆방으로 건너가자마자 엄마에게 불만을 드러냈다.

"우리가 조금 먹으면 쟤들이랑 나눠 먹을 수 있잖아."

오빠까지 엄마 편을 들고 나섰다. 처음만 어렵지 밥때가 되니 남매는 당연한 듯 우리 집을 기웃댔다. 선뜻 들어오지 못하고 쭈뼛대고 있으면 오빠가 남매를 데리고 들어왔다. 두 사람은 자신의 몫을 남매의 밥그릇에 덜어주었다. 엄마는 그 애들이 민망하지 않게 이미 비어버린 밥공기를 들고 헛숟가락질을 했다. 답답한 노릇이었다. 우리 처지에 누가 누굴 불쌍해한단 말인가.

*

3월의 끝 무렵이었다.

옆방의 신음이 들리지 않아 오랜만에 편히 자고 기분 좋게 일어난 아침이었다. 엄마가 또 남매를 불러 밥을 먹이는 거였다. 김과 김치뿐인 단출한 밥상이었지만 남매는 그마저도 진수성찬인 듯 허겁지겁 먹었다. 하루에 한 끼, 때론 종일 굶는 날도 있다고 했으니 온기 가득한 밥상이 그들에겐 무엇보다 소중할 터였다.

"이 집 와서 처음으로 잘 잤다. 어젠 조용하더라고?"

내가 옆방을 가리키자 남매의 얼굴이 급격히 어두워졌다. 오빠가 내 옷깃을 잡아당겨 밖으로 따라나오라는 신호를 보냈다. 왜? 내가 뭐 잘못했어? 왜 맨날 쟤들 눈치를 봐야 하는데? 성질부터 부리는 나에게 오빠는 혹여 안에서 들을세라 목소리를 낮췄다.

"쟤들 부모님 돌아가셨대."

"두 분 다?"

"응."

"아… 그래서 조용했구나…. 그럼 쟤들은 누가 데려가."

"아무도 데려갈 사람이 없대."

"아무도?"

"그래, 오늘만은 밥 편하게 먹게 해주자. 얼마나 무섭겠어."

*

오빠와 함께 암 병동을 오가며 수많은 환우를 스쳐갈 때면 옆방에 살던 남매의 부모님이 떠올랐다. 자식을 두고 떠나야 했을 그들의 슬픔이 오랜 시간이 지나서야 내게 닿았다. 오빠가 사라진 이후의 삶을 나는 감히 상상조차 할 수 없었다. 우리는 서로의 버팀목이었다. 그 버팀목 없이 혼자서 생을 견뎌낼 엄두가 나지 않았다. 먹어도 먹어도 배가 고프다던 남매의 허기짐이 그리움의 깊이였음을 이제야 헤아리게 되었다.

오빠 앞에서는 내색하지 않았지만 암 진단 후부터 나는 바닥이 없는 슬픔에 허덕였다. 이토록 착한 오빠에게 왜 축복이 아닌 암을 주신 건지 그분의 뜻을 도무지 이해하기 어려웠다. 그의 인생을 대신 누리며 살아온 나의 죄로 인한 병인지도 모른다는 깊은 자책에 빠지기도 했다.

암 병동에는 아픈 사람들이 많았다. 진료실 앞 대기 의자에 앉아 있으면 속수무책으로 마음이 무너져 내렸다. 수술 날짜를 최대한 당겨달라고 내가 부탁을 하자 간호사는 피로한 얼굴로 말했다.

"저기요, 여기, 다 절박한 사람들밖에 없어요."

그 말을 들은 순간 옛집 앞 산비탈에서 안간힘을 다해 버티던 나무들이 생각났다. 이제는 생의 가장자리에 선 나무뿐만 아니라 그 나무를 절박하게 붙들고 있는 절벽의 간절함 또한 보였다.

환자들과 그 곁에 선 보호자들의 뜨거운 눈시울을 바라보기만 해도 서로의 버팀목이 되어준 세월이 느껴져 덩달아 눈물이 차올랐다. 이전엔 관심도 없었던 환자들 모습에 감춰진 사연 그 어느 하나도 사사로울 것이 없을 듯했다. 진료실 앞에서 나는 여러 번 오빠에게 괜찮냐고 물었다. 오늘은 무슨 말을 들을지 감내할 자신이 없었다. 괜찮지 그럼. 오빠는 언제나처럼 내 앞에 당당하게 서 있었다. 수술하면 돼. 걱정하지 마. 그렇게 말하면서도 만약의 상황을 대비해야 한다고 당부했다.

　혹시라도 무슨 일이 생기면 네가 내 아내와 딸을, 홀로 있는 엄마를 잘 챙겨야 한다고. 사업장을 정리하는 방법과 보험 처리에 관한 것, 재산은 어떻게 해야 하는지 등에 관해 한참을 얘기하더니 갑자기 말이 없어졌다.

　"수술하면 된다며. 수술 잘 받으면 아무 문제 없는데 왜 그런 소리를 해. 내가 오빠 없이 재산 정리며 그런 걸 어떻게 하냐? 나 오빠 없이 할 줄 아는 거 하나도 없어. 오빠가 살아서 해."

　나는 오빠에게 남아 있는 책무를 상기시켜서라도 삶을 극복해나갈 힘을 영유하게 해주고 싶었다. 그러다 문득 이런 책임감이 오빠를 서서히 병들게 한 건 아닌지 싶어 소스라치게 놀랐다. 짐을 내려놓지 못해서 아픈 사람에게 짐을 끌고 갈 이유를 주려 했다니. 이제야 뿌리 깊은 병이 된 그의 상처가 무엇이었는지 선연히 눈에 보였다.

오빠는 내 말끝에 그간 참고 참았던 울음을 터뜨렸다.

"그래도 다행이야. 내가 없더라도 우리 가족 살 집이 있으니. 집 없이 사느라 많이 힘들었잖아. 난 그것만으로도 하나님께 감사해. 계속 쉬지 못하니까 이렇게라도 나를 쉬게 해주시려는 거 같아."

*

그가 홀로 끌고 왔을 손수레는 얼마나 무거운 세월이었을까. 눈물로 흘려보내기에는 턱없이 부족한 깊이였다. 고단하고 힘없는 모습으로 서 있는 오빠는 제 고통보다 남겨질 가족의 안위를 더 걱정하고 있었다.

나는 불행의 끄트머리에서 축복의 얼굴을 알아보았다. 함께 있는 것만으로도 우린 이미 축복받은 사람인데 그걸 왜 몰랐을까. 곁에 있는 축복을 몰라보고 왜 계속 축복받기를 기다렸을까.

　우리는 함께였던 때를 쉽게 잊고 살아간다. 너는 나에게, 내가 너에게, 우리가 서로에게 얼마나 많은 의지가 되고 응원이 되었는지 손에 있는 걸 놓치고 난 다음 기억하게 된다. 희망은 먼 별빛처럼 황망했고 절망은 숨 막히듯 가까웠던 암둔한 삶에서 여기까지 걸어올 수 있었던 건 너라는 다리가 있어서였다. 그 고마움을 잊지 않고 사는 삶이 몇이나 될까.

　오빠와 나는 어린 시절처럼 손을 잡고 병원 앞 공원을 오래 걸었다. 우리에게 남겨진 날이 얼마나 되려는지 가늠해봤지만 인간이 장담할 수 있는 시간이란 없었다.

　전하고 싶은 말이 있어서 오늘이 온 건 아닐까
　더 늦기 전에 고마움을 말할 기회를 주려고
　내일이 있는 건 아닐까
　소중한 기억을 오래오래 간직하라고
　과거를 남겨두신 건 아닐까

당연했던 내일이 희미해질수록 쉽게 놓친 오늘은 더 간절해지는 법이었다. 오늘의 의미를 잊지 않고 산다면 내일이 두려워질 이유도 없었다.

　그동안 우리에게는 오늘보다 과거의 힘이 더 셌다. 우리는 힘겨웠던 과거의 기억을 소환하여 앞을 가로막는 더 큰 힘겨움을 버텨내는 습관이 있었다. 그래서 정작 좋았던 때를 잘 기억하지 못한다. 이제는 과거가 아닌 오늘을 살아보자고, 좋은 걸 기억하며 지내자고 오빠와 나는 처음으로 앞을 향한 약속을 했다.

　우리가 함께 살았던 옛집 앞 산수유나무는 꽃을 피웠을까. 산비탈에서도 쓰러지지 않고 버텨 지천에 꽃을 피워내던 그 나무는, 우리가 집을 떠나던 날에도 기어코 꽃을 보여주었다. 고마웠다. 꽃을 마음에 담고 떠날 수 있어서. 멀미가 날 만큼 환했던 샛노란 희망이 여전히 내 가슴에 시들지 않고 피어 있음에.

　나에게 당신은 산수유나무였다. 깊이 내린 뿌리였다. 당신이 있어서 내 가난한 영혼은 깃들 마음의 집이 있었다.

　"오빠, 고맙고, 고마워… 곁에 있어줘서 고맙다."

　늦지 않게 마음을 전할 수 있는 것만으로도 오늘이란 시간이

기적으로 다가왔다. 오빠는 말없이 내 손을 힘주어 잡았다.

아직 꽃이 피려면 멀었다. 그래도 얼마나 다행인가. 맞잡은 손의 체온은 봄의 기력을 품고 있었다.

아무도 모르게 쓰는 이름

은박 껌 종이를 모으는 게 유일한 취미였던 오빠와 나는 집으로 돌아오는 차비가 없는 날이면 아카시아, 고려인삼, 아세로라, 후레쉬민트 같은 껌 종이를 나눠 접으며 기찻길을 따라 걸었다.

우리는 일주일째 라면만 먹어서 얼굴이 퉁퉁 부은 채로 껌 종이에 코를 대고 숨을 들이마셨다. 그 안에 스며든 꽃향기를 지친 엄마에게 맡게 해주고 싶어 껌 종이를 보물처럼 품고 다녔다.

"내가 나중에 커서 대통령이 되면 헬리콥터 사줄게."

오빠가 숨겨둔 캐러멜 하나를 내게 주며 말했다. 오빠는 가진 전부를 주고도 어린 동생의 배고픔을 더 걱정했다. 나는 다리가 아프고 배가 고파도 오빠 앞에서는 괜찮은 척을 했다. 어쩌면 우리는 슬픔을 감춘 표정으로 서로를 바라봤던 건지도 모른다.

머나먼 기찻길을 걸으며 우리는 오지 않는 행복에 대해 이야기했다. 말도 안 될 꿈이라도 돈이 드는 건 아니니까. 배고픈 자에게 꿈은 얼마나 호화로운 밥상이던가.

헬리콥터 타고 어디로 갈 건데? 내가 묻자 한참을 생각하던 오빠는 모르겠다고 했다. 우리에게 헬리콥터가 없는 것보다 가고 싶은 곳이 없다는 사실이 더 슬펐다.

그때 알았다. 꿈이 없다는 건 어디로 가야 할지 모르는 것임을. 가고 싶은 곳조차 상상할 수 없는 것임을.

"헬리콥터를 타면 저 끝까지 가보고 싶어. 기찻길이 끝나는 곳엔 바다가 있을 거야."

내 말에 오빠는 그저 하늘만 봤다.

바다처럼 흘러가는 하늘의 무게가 새들을 날아오르게 한다고 나는 믿는다.

인생이 뜻대로 되지 않을 때 마음에 숨겨둔 반짝반짝 빛나는 껌 종이를 꺼내보곤 한다. 은박을 조심스레 벗겨내면 상피세포처럼 남는 새하얀 종이, 거기 아무도 모르게 내 이름을 쓴다.

마음이 아파서 전화했어

산다는 게 정말 좋은 걸까요
그렇다면 이렇게 외로울 리가 없잖아요
너무 외로운 사람에게 삶이란 그저
울리지 않는 핸드폰을 버리지 못해
뒷주머니에 숨겨두고 있는 거라고요
살다 보면 괜찮아질 거라고 쉽게 말하지 말아요

지금 당장 숨이 막혀 죽겠는데
더 밑으로 내려가라는 말로 들리니까요
당신이 귀찮아서 대충 했던 위로는
누군가에겐 안간힘을 다한
마지막 통화였을지도 몰라요

기차 소리를 듣는다

어디로든 떠나고 싶지만
어디로도 떠나지 못했어

나를 배회하면서
기적 소리가 멀어지는 것을 들었지

사랑할 이유를 찾느라
사랑하지 못한 채

나였던 날들의 고독과
나일 수밖에 없는 날들의 외로움
삶이란 나에게로 돌아가는 선회열차가 아니겠니

이런 나라도 괜찮을까
너는 나와 떠나줄 수 있을까

끝없이 올라가도 하늘이 보이지 않는 사다리

너의 시작과

나의 끝에 놓인 사랑 곁으로

나의 새

언제부터인가 병원에 가는 걸 무서워하는 엄마를 겨우 설득해서 종합검진을 받으러 갔다. 환자복으로 갈아입고 검진실로 들어가던 엄마가 잔뜩 긴장한 표정으로 나를 불렀다. 어디 가지 말고 여기서 기다려.

겁먹은 어린애처럼 까만 눈동자로 나를 올려다보는 엄마를 한번 안아주었다. 그녀는 내 품 안에 들어온 연약한 새 한 마리였다. 거친 폭풍의 세월을 이토록 작은 날개로 버텨온 걸까.

사랑하는 가족을 연거푸 떠나보낸 후로 엄마는 병원에만 오면 걷잡을 수 없는 기억에 헤매는 눈치였다. 가족과 비슷한 사람이라도 보이면 담담했던 마음에 잔물결이 일어 금방 눈시울이 붉어졌다. 그냥 검사일 뿐이니 염려 마세요. 난 엄마의 손을 꼭 잡아드리고 나서 진료실 앞에 대기하고 있었다. 언젠가는 이 날마저도 그리워할 날이 올 거라는 생각에 절로 가슴이 먹먹해졌다.

외할머니의 마지막을 기다리던 화장터에서 엄마는 불씨를 품은 한마디를 내게 했다. 나는 이제 고아야… 고아야….

약해진 감정을 들키기 싫어하는 엄마의 입에서 고아라는 말이 나오자 가슴이 쿵 내려앉았다. 나는 진즉부터 엄마의 외로움을 알고 있었다. 그걸 알면서도 깊은 상처를 회피하고 싶었다. 그녀는 괴로워도 혼자 버티는 삶을 감내해왔다. 누구 하나 외로움에 응답해주지 않는다면 고아의 삶과 무엇이 다를까.

숨 쉬는 것마저도 고통스럽던 지난날을 건너 엄마는 여기까지 왔다. 돌아오지 않는 남편을 대신해 홀로 두 아이를 지켜낸 그녀는 어둠 속에서 자식들의 얼굴을 어루만지며 무슨 생각을 했을까.

엄마의 눈동자에는 새가 살고 있었을 것이다. 어디로든 떠나고 싶지만 어디로도 떠나지 못하는 새가 날갯죽지 사이에 새끼를 품고 긴긴밤 깨어 있는 잠을 청했을 것이다.

진료실에서 나온 엄마가 두리번거리며 나를 찾았다. 조용히 뒤로 가서 엄마를 깜짝 놀래켜주자 긴장했던 얼굴에 화색이 돌았다.

아가, 기다리느라 힘들었지. 기다려줘서 고마워.

종종 나를 아가라고 부르는 엄마. 어여쁘고 소중한 이름으로 나를 품어주려는 엄마. 나이가 들어도 엄마의 마음은 여전히 늙지 않은 그대로다. 내가 무슨 아가야. 다 컸는데. 엄마가 나를 보고 빙그레 웃는다. 그 웃음이 고와서 아껴두고 오래도록 보고 싶어진다.

그래도 너는 내 아가지. 귀한 내 아가야.

뒤처지는 엄마의 걸음에 맞춰 천천히 걸어본다. 엄마가 나를 기다려주었듯 나는 엄마를 기다린다. 고단한 작은 새를 내 날개 아래 따스이 안아본다.

나에게 장미를

십 년 후에도
그 뒤 십 년 후에도
나는 당신을 사랑하는 소녀이고 싶다
머리는 하얗게 꽃잎이 되고
눈앞은 그 잎 떠돌듯 희미해져도
우리가 그때 얼마나 아름다웠는지
당신이 나를 얼마나 아름답게 했는지
아픔마저도 향기처럼 지나가는
시들지 않는 웃음 안에서
당신의 장미로 태어나고 싶다

꽃인사

좋아한다는 말을 못 해서
꽃이 폈다고 전화했었지
보고 싶다는 말이 어려워
꽃이 폈다고 예쁘더라고

가만히 웃는 네가 더 예쁘더라고
그 말을 못 해서 혼자 아팠지
혼자서 걸었지

나는 왜 널 생각하면 외로울까
왜 외로워도 좋을까

사랑한다는 말을 못 해서
꽃이 졌다고 전화했었지
기다린다고 말할 걸 그랬지
꽃이 졌다고 아프더라고

가만히 웃는 네가 더 아프더라고
그 맘이 시려서 혼자 울었지
혼자서 걸었지

나는 왜 널 생각하면 외로울까
왜 외로워도 좋을까

사랑한다고 많이 사랑했다고
안녕, 안녕, 꽃이 핀다
안녕, 안녕, 꽃이 진다

나의 처음
나의 엄마

엄마, 이다음엔 나로 태어나요
어여쁘고 따듯한 말로 보살피며
철없이 자라게 해줄게요
외로움도 기다림도 모르는
명랑한 어린 새가 되게 해줄게요
하늘의 기쁨만 온전히 누리며 지저귀는
밝은 목소리를 선물로 줄게요
나의 처음은 엄마잖아요
엄마의 처음은 내가 되어줄게요
혼자 견뎌온 모든 끝을 안아줄게요
끝이 아닌 시작이 되어줄게요
혼자 울게 하지 않을게요
혼자 아프게 하지 않을게요
엄마, 이다음엔 나로 태어나요

너의 슬픔을 위로하는 방법

새장 속의 새에게
하늘은 무거운 날개

새장 속의 새에게
아름다운 새장은 사치스런 감옥

작은 사랑만으로
슬픔은 새장 밖으로 날아가고

떠나간 새의 깃털만
텅 빈 새장에 울음소리로 남는다

노란 리본

네가 없이도 별이 뜨겠지
네가 없이도 별을 보겠지

네 속눈썹 같은 가을을 손끝으로 매만지며
한기 어린 숨으로 퍼지는 너를 맞는다

네가 없기에 나는 지금 별을 이해한다
네 눈동자에 남은 마지막 온기가
시린 별빛으로 오는 것을 막을 수 없다

내가 없는 너의 하늘에도 별이 뜨겠지
울먹임을 간직한 목소리가 들리겠지

기억해다오
어둠 속에서 선연히 다가오는 사람아
나를 기억해다오

이 별에서 이별까지

그건 아마도 빗방울이었을 거야. 진심이었으나 거짓이 된 약속들. 마주 웃던 과거로의 마주 우는 타임슬립. 우산 없이 가능한 하나였다가 우산 하나에 전부를 거는 둘이 되기까지 우리는 서로를 위해 울지 못해서 우리가 낯설어졌어. 눈물의 생장점으로 자라난 저 빗방울이 하늘의 무게로 아파오는, 아마도 그건 남은 진심의 온도.

너는 나에게 얼마나 진심이었니?

그 말을 뱉어낸 날 우리 관계가 끝이라는 걸 알았어. 더는 시간을 돌릴 수 없음을 알면서도 함께 했던 시간을 믿으려고 애썼나 봐. 내일이면 다시 전화가 올 거라고 내가 믿었기에 너는 전화하지 않았겠지. 언제나처럼 웃어달라고 네가 말했으므로 나는 웃지 못한 것처럼.

우리가 왜 헤어졌는지를 생각했던 그 밤은 한때 우리가 얼마나 사랑했는지를 되짚어주더라. 나는 떠나온 뒤에야 돌아갈 곳이 있다는 걸 알았어. 네가 없는 그 빈집으로 돌아와서 소파에 누워 이틀 동안 죽은 듯 자고 일어나 뭘 했는지 아니?

　소파를 버리려고 해요.

　양옥집 마당에 나와 담배를 태우던 1층 남자는 어리둥절한 표정으로 나를 바라봤어. 데면데면한 사이였던 2층 여자가 처음으로 건넨 말이었으니까.

　소파요?

　남자는 손목시계를 보며 지금이 새벽 두 시라는 걸 알고 있느냐는 표정으로 나를 쳐다보더라.
　남자의 뒤로 수많은 화분이 보였어. 소파를 버리겠다는 생각을 잠시 잊어버릴 만큼 많은 화분이었지. 남자는 세 들어 사는 그 작은 방을 화원으로 만들어버릴 결심이라도 한 걸까? 선반, 탁자, 책상, 창틀 할 것 없이 올려놓고 걸어놓을 수 있는 모든 틈에 화분이 있었어. 작은 창문으로 들어오는 햇빛을 꽃과 화초에

다 양보하고 살아왔는지 얼굴이 하얗게 떠서 이 세상 사람 같지 않더라니까.

그러니까 지금 이 시간에 소파를 버리고 싶다는 거죠?

그제야 나는 새벽 두 시에 신발도 제대로 신지 않은 채 이웃 집 남자에게 소파를 버리겠다고 말한 미친년임을 깨닫게 됐지.

너와 나는 징그럽게도 싸웠잖아. 어떤 날엔 무엇 때문에 싸우는지도 모르면서 말꼬리를 끈질기게 붙잡고 싸워댔어. 나를 이해해달라는 말이 너를 이해하지 못한다는 말이 되어 부메랑처럼 서로를 칠 때까지.

방문을 닫고 들어가서 종일 말이 없어도 이상하지 않은 날들이 길어지고, 같은 공기를 마시고 있는 것조차 참지 못할 날이 오고야 만 거야. 그러니 끝이라는 건 당연했지. 우리는 그저 그 끝에 닿은 것뿐이고….

소파를 두고 갔어요.

남자는 물끄러미 나를 쳐다보다가 앞마당의 의자를 내어주더라. 좀 진정하고 가란 듯이. 그러고는 내 맞은편 자리에 조금 떨어져 앉았지.

너와의 미래는 도저히 그려지지 않으니 현실적으로 헤어지는 건 타당한 결론이라 여겼어. 나는 이별을 합리화하기 위한 목록을 따로 만들어두었거든. 근데 저놈의 소파가, 소파만 보면 그딴 목록 같은 건 떠오르지 않는 거야.

소파만 보면 아직도 그이가 여기 있는 것 같아요. 아니 어쩌면 행복했던 나를 잊고 싶지 않은 건지도 몰라요.

저기 앉아서 텔레비전도 보고 밥도 먹고 서로 기대어 노을 진 창밖을 보면서 행복했는데. 아니다, 꼭 행복했던 것만은 아니네요. 처음엔 안 그러던 사람이 갈수록 나를 싫어할 이유를 찾는 거 같더라고.

피곤해서 좀 누워 자고 있으면 나보고 그러더라니까? 너 자꾸 그렇게 퍼질러 자니까 살만 찌는 거 아니냐. 여자면 관리를 하래요. 그러는 저는 뭘 관리했는데? 내가 저한테 잘한다고 내 건 안 사도 걔 로션은 꼭 챙겼거든요. 그 새끼가 그래요. 로션은 또 챙겨갔어.

소파를 버리고 싶으면, 버려요.
아침에도 그 마음이 변함 없으면 그때 버려요.

조용히 듣기만 하던 남자가 말을 시작했지. 남자의 말소리는 하도 작아 숨소리조차 거슬리는 기분이었어. 가까이서 보니 남자의 얼굴은 희어도 너무 희더라. 투명에 가까워지는 중이랄까. 없는 사람인 듯 사라져가는 찰나에 내가 딱 걸터앉은 것 같더라고.

그 여자는 꽃이 숨 막힌다고 했어요. 꽃가루 알레르기가 있었거든요. 봄이 되면 콧물 눈물 난리였지. 그 여자랑 헤어지던 날에야 그 사실을 알았죠. 나한테 맞춰주느라 꽃을 좋아하는 척한 건데, 나는 그것도 모르고 새로운 화분을 들여놓거나 꽃을 사 오는 날이면 여자 앞에서 이건 이름이 뭔지 물을 며칠에 한 번 줘야 하는지 떠들어댔던 거고요.

　한번은 여자가 화분을 하나 깼는데 값이 꽤 나가던 난초였어요. 나도 모르게 버럭 화를 내버렸지. 넌 항상 왜 그 모양이냐고 했던 거 같아요. 울더라고요. 몇 년 동안 쌓이고 쌓인 걸 한꺼번에 다 털어내더라고. 너는 내가 뭘 좋아하는지는 알고 있느냐고 소리를 지르는데 난 걔 목소리가 그렇게 큰지 처음 알았어요.

　자기는 꽃이 무섭대요.

　꽃가루 하나하나가 눈에 떠다닌다면서 방에 있는 화분을 다 들고 깼어요. 그 와중에 내가 뭐라고 했는지 알아요? 나는 지금 화분 이야기를 하고 있는데 넌 왜 딴소릴 하느냐고 했어요. 깨뜨린 거 다 붙여놓으라고도 했고. 누가 너보고 참으라고 했냐? 아, 그 말은 하는 게 아니었는데….

　난 어리석게도 그 여자가 돌아올 거라 생각했나 봐요. 가끔 그랬으니까. 싸우고 나가도 해지기 전에 돌아왔으니까.

안 오더라고.

그 여자가 결혼하고 애 엄마가 됐다는 소식을 들어도 믿어지지 않더라니까. 처음엔 미칠 것처럼 화가 났는데 어느 순간부터 내가 잘못했던 일들이 꽃가루처럼 숨 막히게 하나씩 보였어요. 걔가 꽃 때문에 힘들어서 코를 훌쩍거리면 더럽다고 짜증이나 내던 골 때리는 인간이 나였고, 내가 가르쳐준 꽃 이름을 기억 못 한다고 무식하다고 말하던 진짜 무식한 새끼도 바로 나고. 기념일에 꽃이나 사다주던….

아, 더는 말도 말아야지….

걔를 잊으려고 틈만 나면 더, 더, 꽃과 화초를 사 나르다 보니 보시다시피 나란 인간은 식물이 되어가는 중이고 밤이 되면 식물들이 비웃는 소리가 들리는 것 같아서 잠도 잘 못 자요.

저기요, 고작 꽃이잖아요.

그러는 그쪽은? 고작 소파잖아.

내 소파는 달라요.

뭐가 다른데요? 어차피 버리지 못해서 끌어안고 있는 거지.

끌어안고 있는 거라고요?

누구나 버틸 이유가 필요한 거 아닐까요. 당신이나 나처럼. 그게 소파건 꽃이건, 아직은 놓지 못할 이유가 놓아야 할 이유보다 더 큰 거겠죠.

남자에게 무언가를 들킨 기분이었어. 그렇게 원망하면서도 실은 네가 그리웠던 걸까.

남자의 목소리는 첼로 같더라. 첼로는 온몸으로 끌어안고 연주하는 악기잖아. 가슴으로 울림을 느끼는 악기. 서로 잘 알지도 못하는 사이지만 누구보다 내 상처를 가까이 이해받은 느낌이었어. 참 고맙더라고.

생각해보니 그래. 너와 나는 자신의 연주만을 들어보라고 강요하던 관계가 아니었을까. 울림을 잊어버린 현만 남은 첼로, 다음 악장을 포기한 미완성 교향곡 같은 사이가 아니었을까.

소파는 버리지 못했어.

이웃집 남자도 여전히 꽃과 화분을 사 나르더라. 그럼 좀 어떻겠어. 언젠가 우리가 움켜쥐고 있는 걸 내려놓을 때도 오겠지. 어떤 방식으로든 이별을 건너가려는 우리에게 필요한 건 한 방울의 진심을 이해하는 일이야. 저 차가운 빗방울도 여기까지 온 이유가 있을 테니까.

이제는 거실 한가운데 난파선처럼 떠 있는 소파에 누워 너를 생각하는 일이 제법 편해졌어.

소파는 내가 놓친 너의 표정으로 나를 바라봐. 내가 잊어버린 너의 체온으로 나를 안아주고, 내가 듣지 못한 너의 목소리를 들려주기도 해.

그때 우리는 왜 서로를 이해하지 못했을까. 왜 사랑하던 순간을 잊었을까. 조금 더 사랑하지 못했을까.

너를 용서하지 않으려고 했던 건 너를 기억하려는 나의 다음 악장이었는지도 몰라. 나는 아직 너와 헤어지지 못한 문 밖의 계절에 서 있어. 이 별에서 한 사람을 만나 사랑할 수 있음은, 이별이 우리에게 주는 사랑의 또 다른 인사일 테지.

그러니 오늘만은 너의 마음으로 나를 용서하고 싶어진다. 너
도 오늘만은 나의 마음으로,

너를 용서해.

3. Ma non tropo

그러나 지나치지 않게

사랑만으로 가능한

사랑만으로 가능한 세상에서 살고 싶다
빈손이 되어서야 물결을 잡는
파도의 일렁거림처럼
가진 것이 사랑밖에 없는
너의 손을 잡고 싶다
끝없이 밀어내도 밀려오는 파도 속에서
사랑이 전부인 문장으로
깨끗하게 태어나고 싶다

사랑의 시점

내 사랑은 어딘가 잘못된 방식으로 기록되었다. 사랑의 기록이 나로부터 비롯됨이 오류의 시작일 수도 있겠다. 너에게 나의 사랑은 어떤 질감과 부피를 지니고 있을까. 너의 시점으로 보이는 내 사랑은 절망적이지만은 않았으면 좋겠다. 나는 지나치게 사랑을 코너로 몰아넣는 습관이 있다. 사랑을 떨어뜨려 놓아야만 안심하는 완벽한 관찰자의 시점이 나를 사랑의 타자로 만들어 놓은 건 아닐지.

너에게만은 나의 사랑이 일인칭으로 남을 수는 없을까. 비록 지금은 우리가 멀리 있어도 네 인생의 페이지에서 결코 분리되지 않을 사랑으로 나는 서술되고 싶다.

외롭다는 말조차 외로운
그립다는 말조차 그리운

내게 온 사랑의 순간을 언어로 표현한다면 '불가능'이었다. 거의 매 순간 나는 턱없이 부족한 사람이라 느꼈고, 누군가 나를 사랑하는 건 기적이라고 생각했다. 달변가들 사이에 혼자 뚝 떨어진 벙어리처럼 사랑의 수어를 배워나가야 했다. 외롭다는 말조차 너무 외로운. 그립다는 말조차 너무 그리운. 사랑한다는 말을 사랑하지 못했다. 물속에서 입을 벙긋대는 물고기가 불쌍해 보이는 이유는 무엇인가. 숨 막히도록 사랑을 불러도 사랑은 수족관 바깥에 서 있기 때문이다.

괜찮다고 말하는 너에게

너와 헤어지고 아팠어

알약과 같은 시간이 지나갔지

이별은 창문 없는 중환자실

포르말린에 담긴 작은 새

내 아픔을 생각하느라

네 아픔을 잊었어

많이 아파?

그 말 한마디 너에게 해주지 못해서

지금 나는 너를 아파해

열대야

깊은 밤 매미가 운다
한낮의 더위를 이미 앓고 있는 매미들
한 사람을
자신보다 더 깊이 사랑한 울음소리들
여름을 울고 난 후 매미는
여름이 된다
완전히 말라서 뒤집힌 채
그토록 그리던 하늘을
마른 다리로 움켜잡는다

그때도 너는 나를 생각했을까

버스 차창 틈새에 말라 죽은 벌 한 마리

넌 어쩌다가 여기가 길인 줄 알았던 거니

차창만 살짝 열어줬어도

벌은 날아갔을 테지

안녕이라는 말로 끝내는 게 아니었어

너는 안녕하지 못한데

나만 안녕이었지

널 기다려주지 않고

나만 날아가버렸어

내 안에 갇혀서 너는 어떤 하늘을 보았을까

꿰맨 흔적도 없이 흘러가는 하늘을 보며

그때도 너는 나를 생각했을까

계단을 오르다

내리막은 보이지 않고 한 언덕 넘어가면 다음 언덕이네요. 산다는 건 언덕을 넘어가는 일인 걸까요. 삶이란 자기 안의 음계를 하나하나 눌러보며 진정한 자아를 찾아가는 시간인지도 모릅니다. 숨 가쁘게 달려와서 나를 껴안아줄 잠깐의 휴식이 행복이라면, 행복은 또 얼마나 가파른 언덕을 넘어 내게로 간절히 오는 중인가요.

나에게 환호를

인생을 선택해야 하는 순간이 올 때, 버려야 하는 것이 무엇인지 먼저 헤아리기보다 다가올 미래의 가능성에 마음껏 환호할 수는 없을까. 눈을 보면 신나게 달려가던 어린애가 어느 순간 출근길 걱정을 하는 조로한 어른이 되어버린 날의 쓸쓸함. 도전보다는 안주함으로 발길이 돌아가는 건 넘어진 후의 아픔을 이미 알기 때문일 거다. 나이가 든다는 게 그래서 슬프다. 눈송이를 맞던 날의 기쁨, 빙판길마저도 놀이가 되던 환호의 날이 그립다.

최소한의 인간

상대를 존중하고 배려하는 건 최소한의 인간됨이라고 생각하며 살아왔다. 상대가 인격적이지 않고 무례하다 해도 최소한 나는 그렇게 행동하지 않겠다는 나름의 소신도 있었다. 변함없이 예의를 지키면 상대의 태도도 달라질 거라고 믿은 적도 있다.

지난 한 해 믿었던 사람에게 무수한 실망을 하고 다정하게 대해준 사람에게 숱한 배신감을 되돌려받으면서 나는 최소한의 인간됨을 지키기가 어려웠다. 어떻게 이럴 수 있나. 내가 너에게 어떻게 해주었는데! 너는 나한테 이렇게 하면 안 되지! 어느새 소신은 사라지고 최대치의 보상 심리가 작동했다.

최소한은 쉽게 깨져버렸다.

상처 준 사람들을 마주하고 어쩔 수 없이 인사를 나누어야만 하는 그 몇 초가 내겐 영원한 고통의 도가니였다. 뒤늦게 사과를 받았지만 깨져버린 믿음이 원상복구되긴 힘들었다. 모든 말이 변명과 거짓으로 다가왔다. 마음을 여는 건 어려워도 닫히는 건 한순간이었다.

인간관계에 극도의 피로감이 몰려온 날이었다. 지친 마음으로 버스에서 내리며 언제나처럼 습관적으로 인사를 건넸다.

"감사합니다."

무기력한 마음으로 운전석을 지나치는데 연세가 지긋한 버스기사분이 갑자기 아가씨! 하고 나를 불러 세웠다. 뭘 잘못했나 싶어 멀뚱멀뚱하게 선 채 그를 바라보았다.

그는 핸들에 두 팔꿈치를 대고 몸을 기울여 내게 말했다.

"아가씨는 항상 인사를 잘해. 그래서 기억을 하고 있지."

그가 너그러운 웃음을 건넸다.

"요즘 젊은 사람들은 인사를 잘 안 하는데 말이야. 아가씨는 참 착한 사람인 거 같아."

낯선 이의 다정함을 받아본 적이 없었기에 얼굴이 다 화끈거렸다. 승객들의 시선이 내게로 향하고 있는 게 느껴졌다. 아… 감사합니다. 안녕히 가세요. 급하게 고개를 숙여 인사하고 집으로 가는 길을 재촉했다.

그저 습관적인 인사일 뿐이었다.

그 사소한 인사를 잊지 않고 기억해준 버스 기사에게 오히려 더 고마운 마음이 들었다. 나를 잘 알지도 못하면서 어떻게 그런 말을 해줄 수 있을까. 나를 잘 안다고 하는 사람마저 내게 깊은 상처를 주는데.

'참 착한 사람인 거 같아.'

이름도 모르는 그분이 건넨 한마디가 내 얼어붙은 마음에 온기로 다가왔다. 그의 말은 이 세상이 너를 부정하더라도 네가 어떤 사람인지 기억하라는 당부 같기도 했다.

남의 말에만 휘둘리지 말고 너의 진심에 더욱 귀 기울여보라는 뜻인 것만 같았다.

돌이켜보면 나는 최소한의 인간을 지키기 위해 최대치의 힘을 쏟아붓고 살았던 거다. 그래서 빨리 지치고 생각지 못한 외부 자극에 쉽사리 꺾여버렸는지도 모른다.

너의 친절은,

너의 소신은,

무의미한 게 아니었다.

내가 정말 듣고 싶었던 위로는 가까운 곳이 아닌 되레 먼 곳에서 왔다. 이 세상을 함께 살아가지만 잘 보이지 않았던, 그 최소한의 사람들에게서 말이다.

　나는 이제 상대가 변하기를 기대하지 않는다. 세상이 불친절하더라도 나는 변치 않기를 바랄 뿐이다. 최소한이 있어야 최대한이란 것도 가능하지 않겠는가.

　그리 믿어보는 것이다.

빗방울이 아프다

언젠가 누군가의 마음을
차갑게 지나왔던 순간이 떠오른다

내 것이 아니라고
그대의 마음을 쉽게 생각했었다

미안하다

언제나 나는 그대가 아니어서
　　　언제나 나는 나일 수밖에 없어서
　　　　　언제나 나는 나여야만 해서

　　　그 대 에 게
　　　　　미　안　하　다

오늘, 하루, 그 시간

다시 돌아갈 수 있다면
뭘 하고 싶어?

난 말이야
인간이 과거로 돌아가지 못해서
다행이라고 생각해

간단히 바뀔 거였으면
하나님이 세상을 가만히 두실 리가 없잖아

나는 바뀔 의지도 없으면서
시간을 바꾸고
기회를 바꾸고
남만 바꾸려 한다면

과거로 돌아가서 세상을 바꾼다 한들
나는 여전히 과거로 남는 거 아닐까

나는 오늘을 잘 살고 싶어
동이 트는 새벽마다 그 생각을 해
오늘을 잘 살아보자고

오늘의 내가 모여
내일의 내가 된다

네 시간의 막차를 놓치지 말길

봄볕

주말이 되면 도시 사람들이 등산 가방 하나씩을 메고 와서 마을을 돌아다니며 나물과 약초를 캔다. 뿌리까지 뽑아가겠다는 듯 작정을 하고 가방도 모자라 비닐봉지 가득 쑥, 고들빼기, 돌나물, 냉이, 달래… 보이는 건 죄다 캔다. 먹을 만큼만 가져가고 다음에 또 캐면 될 텐데도 내일이 있다는 걸 믿고 싶지 않은 얼굴이다.

마을 어르신이 뒷짐을 지고 슬슬 마실을 나왔다가 죽어라 나물을 캐고 있는 아주머니들을 보고 혀를 끌끌 찬다. 거 뿌리는 냅둬야지. 먹을 만큼만들 캐 가. 오늘 먹고 내일은 죽을 겨?

아주머니들은 그러거나 말거나 마음이 급해 호미질을 멈추지 않는다.

그냥 두면 드세져서 먹지도 못하는데 이럴 때 갖고 가야죠. 이거 다 공짜인데 두면 뭘 해요. 할머니는 아주머니들 말에 고개를 흔든다. 고들빼기 주인이 그럼 뉘기여? 그짝이여 저짝이여. 저 녀석도 살아보려고 힘들게 세상에 나온 것인데 봄볕 맞기도 전에 싹둑 잘리고 싶은 게 어디 있는가?

어지간히 하며 살아. 많이 가지거나 못 가지거나 늙는 거는 같

은 겨. 자네들은 눈앞의 것만 캐고 사느라 봄이 얼마나 남았는
지도 모르지. 늦기 전에 봄볕이나 실컷 마시고들 가.

어디로 가시나요

무슨 일 하세요?

택시 기사님이 묻는다.

글을 쓴다고 말하려다가 만다.
목적지에 도착할 때까지 글 얘기만 할 것 같아서.

아, 작가시구나. 무슨 글 써요? 유명해요?
쓴 책도 있어요? 나도 어릴 적엔 글 좀 썼는데
내 인생도 글로 옮기면 장편소설일 건데
요즘 글만 써서는 먹고살기 힘들죠?

늘 따라오는 질문을 피할 수 없을 땐
같은 대답을 했다.
아, 몇 권 썼죠. 네, 유명하지는 않고,
그렇죠, 먹고살기는 힘들죠….

처음 보는 사람의 삶을
살아보지 않은 삶을
우리는 왜 그리 쉽게 예측하며 앞지르는가.
무례한 질문보다 나를 더 아프게 한 건
당당하지 못한 나 자신이었다.

말을 하기 싫어 이어폰을 끼는 나에게
택시 기사님은 조심스러운 목소리를 건넸다.

무슨 일을 하든지 힘을 내서 살아요.
귀찮게 해서 미안해요.
요즘 나도 너무 힘이 들어서…
그냥, 말이 하고 싶었어요.

당신의 곁

나는 스탠드를 밝히고 소파에 기대앉아 있는 시간을 좋아해요. 이 소파, 액자, 발판, 쿠션 하나하나 다 내가 고른 거예요. 벼룩시장, 할인점, 중고 상가, 가구단지를 돌아다니며 마음에 드는 걸 발견할 때마다 어린애처럼 기뻐했죠. 왜 그랬을까요. 왜 그렇게 집착했을까요. 이게 아니면 안 되는 이유 같은 건 없었는데 어디든 마음 둘 곳이 필요했던 걸까요.

당신과 헤어지고 얼마간은 방의 불을 켜기도 힘들었어요. 차츰 헤어짐에 익숙해지자 혼자가 된 나를 받아들이게 되었지요.

그때는 분명 간절했을 텐데 지금은 기억조차 나지 않는 순간들이 있네요. 혼탁했던 열정이 식은 다음 감추고 있던 진심이 비쳐 보이기도 하고요. 무엇이 당신이 아니면 안 되도록 내 마음을 달려가게 했던 걸까요.

아마도 두려움 때문이었을 거예요.

당신을 잃어버리면 남은 순간이 통째로 사라질 것 같았거든요. 그 조바심 때문에 나는 최선이 아닌 차선의 사랑만 해온 겁니다. 상처받지 않을 방향에만 서 있었으니 다 잃을 마음이란 것도 없었을 테고요.

소파에 기대 있으면 내게 어깨를 내어주던 당신이 생각나요. 소리 없이 나의 전부를 채워준 사려 깊음도요. 나는 기대어 쉬는 것만 할 줄 알았지 내 무게를 견뎌내느라 기울어진 당신의 마음은 보지 못했습니다.

이별은 나에게 당신의 최선을 알게 해주었습니다. 진심을 다해준 당신의 마음을 헤아리며 이별을 보내주도록 말입니다.

너의 속도로 다시 시작해

어디까지 왔을까
어디까지 갈 수 있을까
목적지를 향해 페달만 밟느라
중요한 것들을 잊고 있었어

여기가 어디인지
나는 어떤 사람인지

멀리 가려면
멈춰갈 줄도 알아야 해
그건 실패가 아니라
쉼이니까

세상과 같은 속도일 필요는 없잖아

네 인생의 여행이 행복하기를
사랑하는 순간을 기억하기를
시작하는 용기를 잃지 말기를

자, 다시 달려보자

피어난다

내가 한 선택에 대해서 후회되는 날이 있다
그때 조금 더 욕심냈더라면 지금 조금 덜 외로울지
적어도 과거를 생각하며 아파하진 않았을지
시간을 되돌리지 못함을 다행이라고 말해주길
나는 이전의 내가 아니고 싶어서
모래언덕이 펼쳐지는 삶에서도 꿈을 꾼다
갈증으로 타 들어가는 사막에서 너를 기다리며
그대의 꽃으로 피어난다

우리는 왜 사랑하지 않았을까

쳇바퀴에 갇힌 햄스터는 미치지 않으려고 달리고 달리다가 어느 순간 쳇바퀴가 된다. 기억한다, 나 없이도 너의 삶이 가능하다는 걸 알았을 때, 차라리 진심이면 좋았을 슬픔마저도 슬픔의 데칼코마니였다. 이별이 되지 못한 나는 아직 너를 달리고 있고, 망각되길 바라는 내 사랑은 멀미가 나지.

죽은 화분에 물 주기

너 요즘 이상해. 연락도 뜸하고. 너 때문에 우리 되게 불편해졌어. 전화를 끊고 죽어가는 화분에 물을 줬다. 우리는 관계가 틀어지는 이유를 어째서 상대에게서만 찾으려 들까. 서로를 멀리 밀쳐두고 물 한번 주지 않으면서 감정이 시드는 이유를 왜 자신에게서는 찾지 못할까.

관계란 뿌리 같아서 상하지 않게 보듬어줄 손길이 필요하다. 뿌리가 흔들리지 않게 지켜봐주는 애정이 필요하다.

노력 없이 말 한마디로 자라나는 식물이 어딨을까. 아름다운 것들은 입이 없고, 상처를 받되 상처 주지 않는다.

다른 손가락

누군가 나를 불편하게 만든다는 생각이 들 때, 나는 내 안에 그 누군가를 닮은 불편함이 도사리고 있음을 감지한다. 복수를 향한 질타는 결국 나라는 단수를 낳는다.

당신들의 바깥

눈을 뜨면 보였다. 아무도 없는 세상. 기대할 수 없는 희망. 안개 속에 파묻힌 산자락 아래서 식은 밥을 꾸역꾸역 넘기며 울지도 못했다. 갓 태어난 병아리들이 한 줌 햇살 뭉치로 굴러다니는 마당을 멍하니 바라보았다. 걱정도 없고 상처받을 염려 따위는 하지 않는 그 해맑음. 희망으로 번지는 샐비어꽃은 참 붉기도 했다.

살다 보면 저렇게 따뜻한 날이 내게도 올 것이다. 그날을 만나고 싶어서, 그날이 온다는 간절함으로 살았다. 누가 나를 이렇게 외롭게 했나. 누가 나를 이렇게 상처 내었나. 가장 가까이 있으면서 가장 멀리 나를 떼어놓은 나. 연약한 두 다리로 서서 태양 앞에 졸고 있는 병아리를 지키는 건 그림자로 남은 병아리다.

사랑의 전부

카페를 지나다가 버려진 의자를 봤다

귀퉁이에 홀로 떨어져서 누군가를 기다리는 의자

누군가의 무엇이었을 의자

무엇이고 싶었을 의자

지금은 혼자인 의자

내가 보여줄 수 있는 건 이게 전부야…

그런 목소리를 들은 것도 같았다

늦은 안부

나는 잘 지내고 있습니다
당신은 좀 어때요
이 늦은 밤에 잘 지내냐는
문자를 보낸 걸 보니
힘든 일이 있는지 아니면
유독 그 시간에 생각나는 사람이
나였는지 모르겠습니다
어느 쪽이든
당신은 잘 지내지 못하는 것 같아서
나는 그저 그렇게 지낸다고
답장을 남겼네요
그래야만 할 것 같아서요
내가 당신과 같은 무게로
살아가고 있다는 사실이
조금은 힘이 되었으면 해서요
시간이 흘러가는 것을 보면
다행이라는 생각이 들어요

이기적이었던 내 마음의 행간에
당신의 마음이 채워지는 것을 보면요
언젠가는 우리의 상처도 흘러가기를
그때까지 내내 건강하시기를 바랍니다

파도 소리를 듣는 밤

아낌없이 밀려왔다 밀려가는 파도 속에서 별빛은 빛나는 것이 아니라 자신을 붙들고 울고 있는 것임을 당신을 떠나보내고 난 후에야 알았습니다.

그 밤 당신의 손을 놓은 것을 후회합니다. 천천히 걸음을 맞춰주던 당신을 두고 뒤돌아선 것을 후회합니다. 애타게 나를 찾는 당신의 목소리를 듣지 않으려 귀를 막은 것을 후회합니다. 당신의 마음을 믿지 못한 모든 순간을 후회합니다.

그러나 지금 내가 가장 후회하는 것은 후회하는 마음으로 우리의 사랑을 기억하는 것입니다.

위로

비가 오면
유리창은 비를 맞는다
이유를 묻지 않고
왜 우는지 다그치지 않고
우는 것만이 전부인 빗물을
비가 멈출 때까지
말없이 온몸으로 안아준다

조각으로 빛나는 사람

영혼에서 따듯함이 우러나오는 사람들을 만나면 그들이 살아
온 인생의 조각이 궁금해진다. 그들은 자신의 조각을 잘 드러내
지 않는다. 그들은 오래 참고 기다릴 줄 안다. 대부분 욕심과 이
기심으로 깨진다면, 그들은 더 사랑한 이유로 깨어진다. 그들은
섣부르지 않다. 자신을 낮춰 사랑만이 오롯이 보이도록 견딘다.
그들은 오직 자신을 찌름으로써 깨진 사랑의 조각을 완성한다.

바다가 보이는 창문

파도 소리가 들리는 집
창문을 열어놓고 잠들고 싶어
파도가 밀려오는 건
기다릴 이유가 남아서야
내 머리카락을 넘겨주던 너의 손길
하얗게 부서지는 기억을
밤바다에 풀어놓곤 해
세상에 혼자 남겨졌다는 생각에도
더는 쓸쓸하지 않을 밤이 찾아오기를
네가 없는 삶이라도 괜찮아지기를
너를 평온히 놓아줄 수 있기를
모래에 새긴 이름은 지워져도
아름다움은 남아 있기를
나는 아직 별을 헤아리듯 너를 기억해
너를 헤아리듯 별을 기다려

목자와 예술가

기찻길 옆 쪽방촌에 살던 때가 있었다.
양철 지붕 위로 떨어지는 빗소리가 빗쟁이들의 발소리로 들려오
던 집이었다. 마당에 달린 수도꼭지 하나를 두고 서너 가정이 차
례대로 기다려 세수하던 집. 머리라도 감는 날에는 등 뒤로 따가
운 시선이 박히던 그 집은 고성방가와 싸움이 그칠 날이 없었다.

  그곳에서 유일하게 침묵할 줄 아는 사람은 아버지였다. 교통
사고로 아킬레스건이 끊겨 딱히 할 일을 찾을 길이 없던 그는
종일 입을 꾹 닫은 채로 그림만 그렸다. 집 앞 담벼락 아래에는
뿌리가 드러난 무화과나무 한 그루가 있었다. 세 들어 사는 아
이들이 익기도 전에 열매를 따 먹어버려서 휑한 가지만 남은 무
화과나무였다. 그는 무화과나무를 반나절 간 꼼짝하지 않고 그
렸다. 악착같이 살아도 원하는 열매 한번 가지지 못한 무화과나
무는 아버지의 다른 이름이었다.

  뼈가 산산조각 나고 인대가 끊겨 삶으로부터 비껴갈 수밖에
없던 때였다. 비로소 그는 원 없이 그림을 그리게 되었다. 먹고
사느라 잊은 화가의 삶을 잠시 되찾은 거였다. 휘몰아치듯 자신
에게 몰입하여 그림을 그리는 뜨거운 눈동자를 마주하면 배고

프다는 소리가 쉬이 나오지 않았다. 그는 태양의 빛이 사위어가는 저물녘이 되어 우리를 기억해냈다. 조용히 기다려준 어린 자식들을 손짓으로 불렀다. 불편한 다리로 연탄불 앞에 쪼그려 앉아 밥을 짓고 생선을 구워 새끼고양이 같은 자식들의 입에 넣어주었다.

그에게는 나름의 교육 철학이 있었다. 다른 건 몰라도 깨끗하게 씻고 청결을 유지하라는 것과 단정하게 옷을 입으라는 것, 사람을 보면 인사를 잘하라는 것. 무엇보다 강조한 부분은 일기를 매일 쓰라는 거였다. 자신이 어떻게 살아왔는지 모르면 앞으로 어떻게 살아가야 하는지도 모르는 게 인간이라 했다. 불행보다 무서운 건 망각이라고 했는데 그게 무슨 뜻인지 오빠와 나는 이해하지 못했다.

그는 공책 살 돈이 모자라 값싼 갱지를 한 묶음 사다가 손수 일기장을 만들어주었다. 중간에 선을 그어 반은 일기를 반은 동시를 쓰게 했다. 말수가 적어 좀체 속을 알 수 없는 아버지의 마음을 잠시 잠깐 엿볼 수 있는 건 일기장이 있어서였다. 우리가 쓴 일기나 동시 옆에 아버지는 깨알 같은 메모를 남겨두었다. 잘했다, 재미있는 글이다, 꿈을 가지는 건 멋진 일이다, 노력하는 모습이 더 중요하다, 사랑한다 하는 격려의 답장을 받으면 나는 신이 나서 더 열심히 일기를 썼다.

칭찬에 인색한, 차가운 말투와 표정을 지녔던 아버지의 사랑이 가득한 답장을 읽을 때면 글을 쓰는 건 좋은 일이라고 느껴졌다. 말만 있는 세상이라면 숨겨진 진심을 영원히 보지 못할지도 모르니까 말이다.

엄마는 성악가인데 왜 보험을 팔러 다녀야 하냐고, 왜 노래를 포기했냐고, 다리가 다 나으면 아빠는 집을 또 떠날 거냐고 질문만 빼곡하던 일기장에는 답장 대신 눈물 자국 같은 얼룩이 남기도 했다.

아버지는 몇 달 간 우리와 함께 있었다. 방학에는 '가정 학업 시간표'를 만들어 학교에서처럼 과목별 공부를 가르쳐주었다. 미술 시간에는 바다나 근처 산으로 가서 그림을 그리기도 했고 서로의 모습을 그려주기도 했다. 체육 시간에는 학교 운동장으로 갔다. 아버지와 함께 공놀이하고 그네를 탔다. 그런 소소한 일상을 가져본 적이 없는 우리는 그 순간을 평생의 기억으로 간직하게 되었다.

우리에게 좋은 선생님이자 엄한 선생님이 되어주었음에도 그는 자신의 무능력을 불안해했다. 하루빨리 돈을 벌어야 하는데 몸이 말을 듣지 않으니 자책이 날로 커졌다. 막막하고 무료했을 시간이 우리에겐 무엇보다 넉넉한 시간이었음을 아버지는 알까. 함께한 몇 달은 당신과 가장 가까웠던 시간이었다.

*

가계를 책임진 어머니는 말주변도 없으면서 보험회사 외판을 하러 발이 부르트게 뛰어다녔다. 집에서 쓰는 프라이팬이나 그릇, 도시락에는 어김없이 보험회사 마크가 붙어 있었다. 스승의 날 선생님께 가져다드리라고 했던 크리스털 꽃병 밑바닥에도 그 마크가 새겨져 있었다. 야, 이거 보험회사에서 준 거 아냐? 니 엄마 보험 다니냐? 이거 주고 보험 가입하라고 그러는 거지, 다 알아. 저번에 니 엄마 이런 거 들고 우리 집에도 왔어. 보험 좀 들어달라고.

교탁에 올려둔 화려한 선물 사이에 삐쭉 솟아 있던 꽃병. 내 처지를 알아챈 아이들의 비웃음에 도망치듯 학교 뒤 바닷가로 내려갔다. 나는 파도 소리에 애타는 속이 씻겨 내려가기를 기다렸다. 물거품처럼 바다와 함께 사라지고 싶었다.

선생님께 선물 잘 드렸어? 찾아가 뵙지 못해 죄송하다고 말씀드렸고? 나는 선생님이 꽃병을 보고 무척 좋아하시더라는 거짓말을 했다. 그렇구나. 다행이다. 어머니의 지친 얼굴에 떠오르는 고단한 미소를 보았다. 나는 모래에 파묻어버린 꽃병에 관한 이야기는 하지 않았다. 대신 이불을 당겨 그 속에 버려진 꽃병처럼 나를 숨겼다.

실적이 충당될 때까지 월급이 이월되는 방식이었기에 어머니는 제대로 쉬어본 적이 없었다. 나는 집에서 유일하게 값이 나가는 금성레코드에 어머니가 좋아하는 엘피판을 걸어놓고 그녀를 기다렸다. 쇼팽과 바흐, 드뷔시와 엘가, 모차르트, 샤를 구노와 말러… 먼 곳에서 온 음악은 꺼지지 않는 불빛이었다. 빚쟁이를 피해 불을 자주 꺼놓고 살던 우리 집에 쇼팽이 오고, 바흐가 다녀가는 날에는 담벼락 너머까지 가로등이 환히 켜지는 느낌이었다.

단칸방 부엌 틈새로 들락거리는 쥐를 잡을 때도 어머니의 음악은 멈추지 않았다. 계약 하나 따내지 못하고 돌아온 날, 젖은 구두를 연탄 아궁이 옆에서 말릴 때에도 음악은 흘러갔다.

아버지는 우리에게 인생의 다음 페이지를 주고 싶어서 계속해서 일기를 쓰게 했고, 어머니는 척박한 인생에서도 아름다움을 잊어버리지 않게 하려고 음악을 들려주었다. 죽도록 뛰어도 제자리만 뱅글뱅글 도는 엘피판의 세월이었지만, 절망의 궤도를 벗어나지 못하는 삶이었지만, 우리의 영혼만은 두 사람의 마음으로 헐벗지 않았으리라.

*

생각해보면 나는 부모님으로부터 예술가의 삶을 상속받은 거라 여겨진다. 달리 할 일이 없으니 글을 쓰라 하면 글을 썼다. 고흐와 피카소가 누군지, 수채화와 유화가 어떻게 다른지도 모르지만 아버지가 가르쳐주는 대로 그저 따라 그렸던 것뿐이다. 도

서관에 처박혀 마감 시간이 될 때까지 책을 읽었던 건 우리 집에는 책이 없지만 그곳엔 책이 있다는 단순한 이유 때문이었다. 아버지가 도서관에서 책을 읽고 있으니까 나도 곁에서 책을 읽었다. 그의 곁을 서성이다가 헤밍웨이와 셰익스피어를, 도스토옙스키를 알게 되었고 종일 어머니를 기다리며 음악을 듣다 클래식을 이해하게 되었다. 그런 일련의 반복된 행위가 오래도록 이어져 자연스레 예술을 체득하게 되었다.

언젠가 어머니는 예술가란 양을 치는 목자와 같다고 했다. 기쁜 날에도 슬픈 날에도, 좋고 싫고를 떠나 양을 지키는 일을 게을리해선 안 된다고 했다.

온갖 두려움에 에워싸여진 깊은 밤, 찬 이슬을 맞으며 양 떼를 지키는 목자는 얼마나 외롭고 고단했을까. 위험이 닥쳐도 양 떼를 포기하지 않는 혼신의 투쟁을 목자가 아니라면 누가 알까.

목자는 길을 잃어버리지 않으려고 하늘의 별자리에 시선을 두고 산다고 한다. 높은 곳이 아닌 낮은 곳을 향해 나아가는 결단 없이는 밑바닥의 시간을 버텨내지 못할 것이다.

한 마리 양이라도 잃어버리지 않으려는 목자의 마음이 양을
지키는 등불이 되어주었을 것이다.

예술가의 마음도 이와 같지 않을까. 눈앞의 것을 좇는 아둔함
을 깨치고, 작거나 크거나 나약하거나 강하거나 내게 온 양을
귀하게 보살피는 목자의 마음이 예술가의 마음과 어찌 다를까.

*

우리 가족은 월세를 내지 못해 집에서 쫓겨나는 일이 다반사
였다. 재개발을 앞둔 집이나 무허가 집을 전전하는 날이 많았다.
새 거처를 찾아도 언제든 쫓겨날 수 있다는 마음을 지니고 살
아야 덜 불안했다. 건기乾期에 풀을 찾아 떠도는 목자처럼 나의
마음은 어느 한 곳도 편히 정착한 적이 없었다. 돌이켜보니 바깥
을 서성이던 외로움의 시간은 목자의 마음을 배우는 길이 되었
을 터였다. 그런 시간이 없었다면 수많은 양 떼를 만나는 기쁨도
누리지 못했을 테니 말이다.

기찻길 옆 쪽방을 나와 살게 된 곳은 여인숙이었다. 아침이면

밤일을 나가는 여자들이 술 냄새를 풍기며 마당에 아무렇게나 누워 해바라기를 하고 있었다. 그들은 교복을 입고 학교에 가는 나를 부러운 눈으로 쳐다보다가 눈이 마주치면 손을 흔들었다. 나는 그들을 무시했다. 아침에 제일 먼저 마당의 수도를 쓰게 해주고, 머리 감을 물을 데워 내 옆에 은근슬쩍 놓고 갈 때도 그들의 친절과 배려를 곧이곧대로 받아들이기가 꺼림칙했다.

선을 긋고 맹랑하게 구는 내 행동에 기분이 나빴을 법도 한데 그들은 그마저도 귀여운지 씨앗을 다 드러낸 해바라기처럼 늘 변함 없이 웃어주었다.

"이거 네 거지? 너 글을 쓰니? 마당에서 끄적대다가 우리만 보면 숨더니 글을 썼던 거구나? 근데 왜 버렸어?"

그들은 쓰레기통에서 찾아낸 나의 습작 노트와 성악 콩쿠르 트로피와 클래식 엘피판을 들고 와 돌려주었다.

"요즘 노래는 안 불러? 네 노랫소리 참 듣기 좋았는데."

"불러서 뭐 해요. 담임이 원서 안 써준대요. 빚쟁이들한테 쫓기는데 무슨 예술을 하느냐고 애들 앞에서 허락도 없이 내 원서를 찢어버렸어요. 간호학과 가서 돈이나 벌어 불쌍한 부모님 호

강시켜 주래요. 내가 작가나 성악가가 되면 자기 손에 장을 지진
대요. 관두려고요. 달라지는 것도 없고."

　내 말에 여자들이 누가 먼저랄 것도 없이 들고 나섰다.

　"달라지는 게 왜 없어? 쓴다는 것부터가 다른 거지. 부를 수
있는 노래가 있는 게 대단한 거지. 기죽지 마. 작가가 되건 가수
가 되건 너 꼭 그 사람 장 지지게 해줘야 한다. 우리는 하고 싶어
도 못 하는데 할 수 있으면서 왜 안 하려고 해? 나중에 작가 되
면 우리 얘기도 좀 써주련? 우리 같은 사람도 하고 싶은 이야기
가 많단다."

　그들은 찢긴 노트 귀퉁이를 테이프로 정성스럽게 붙여서 되
돌려주었다. 고스란히 돌아온 노트와 상장, 클래식 엘피판을 보
는데 잃어버린 양을 되찾은 기분이었다. 나는 뿌옇게 흐려지는
눈을 부릅뜨고 울지 않으려 입술을 질끈 깨물었다. 가난한 사람
일수록 마음속 양 떼를 빼앗길 일이 부지기수임을 미리 배운 셈
이었다.

　나는 인생의 길목에서 만난 이름 없는 양 떼들을 기억한다.

내게 부르고 싶은 노래가 되어준, 살아갈 의지와 글 쓸 힘을 주었던 고마운 사람들을 잊지 않았다. 목자만이 양을 지킨다고 생각했는데 아니었다. 양을 지키는 것이 목자이듯, 목자를 지킨 것 또한 양이었다.

작가에겐 이야기의 모든 대상이 자신을 지켜준 양 떼요 바깥에서의 한뎃잠 같은 인생마저도 자신을 이끌어준 별자리인 셈이다. 예술가란 무언가를 만들어내는 사람이 아니다. 내가 무엇을 지키고 있고 무엇이 나를 지켜주고 있는지를, 목자를 찾는 양 떼의 울음소리를 잊지 않고 기억하는 사람인 것이다.

4. Rilasciando

더 천천히 더 느리고 더 조용하게

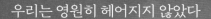

우리는 영원히 헤어지지 않았다

우리는 사랑하지만 사랑하지 않았다
그리워하지만 그리워하지 않았다
기다리지만 기다리지 않았다
그러므로 우리는 이별했고
영원히 헤어지지 않았다

잘 가요, 그러니 잘 와줘요

당신은 재단사처럼 말하는 버릇이 있어요. 따듯하고 친절한 목소리로 상대의 마음에 어울리는 말을 입혀주죠. 섣불리 나서지 않고 물러나서 내 말의 치수를 재기도 하더군요. 당신은 아마도 무서운 거겠죠. 누군가 먼저 당신 마음의 치수를 잴까 봐서요. 그 어떤 아름다운 말과 육체도 우리 영혼의 전부를 보여주지는 못해요.

나는 발가벗은 채 웃는 어린아이같이 당신에게 다가가고 싶어요. 우리가 말을 멈추고 가만히 바라볼 때 터지던 웃음, 나는 그게 우리의 언어라고 믿어요. '잘 가요'라는 말의 진짜 얼굴은 '잘 와요'일지도 몰라요.

잘 가요, 당신. 그러니 잘 와줘요.

막차는 기다릴 때 오지 않는다

나는 쉽게 지나가지 못했다
혼자 남아서 멀어지는 사람을 지켜보았다

가까웠던 사람이 모르는 사이로 변하는 순간을
그 낯선 감정이 얼마나 폭력적이었는지
떠난 사람들은 알지 못할 것이다

나를 이해하지 못하는 사람마저도
이해하고 싶었다

나로부터 멀어져서라도
떠난 너를 돌아오게 하고 싶었다

Answer song

 쳇 베이커를 쳇과 베이커로 알던 남자가 있었다. 재즈바에 가면 무식함을 대놓고 자랑하는 남자 곁을 여자는 그림자처럼 따라다녔다. 저 여자는 나 없인 할 줄 아는 게 없어요. 단골들과 농담 따먹기나 하면서 속없이 굴었지만 그의 시선은 늘 여자를 향하고 있었다. 느린 말투만큼 손도 느린 여자는 일이 서툴러 실수가 잦았다. 계산도 느렸고 테이블을 착각하여 엉뚱한 음식을 내놓는 경우도 다반사였다. 저 사람은 등에 눈을 달고 살아야 한다는 남자의 말이 영 틀린 것은 아니었다.

 그는 여자가 실수를 할 때마다 저 사람이 저래요, 하면서 놀리다가도 어디선가 파열음이 들리면 부리나케 달려가서 그녀의 손부터 살펴보았다. 다친 곳이 없는지 확인하고 나서 파편을 대신 치웠다. 말만 가볍지 여자에 대한 마음은 결코 가볍지 않은 사람이었다.

 남자는 음악에 관해선 문외한이었다. 재즈를 전공한 여자와 음악적 교감을 나눌 수준은 못 되는 듯 보였다. 그런데도 둘은 잘 통했다. 무슨 할 이야기가 그렇게 많은지 틈만 나면 붙어 서서 속닥거렸다. 그녀는 좋은 음악을 찾아 제일 먼저 그에게 들려주었다. 그 곡이 좋은 이유와 곡에 얽힌 사연 같은 걸 차분히 설명해가며 '당신이 음악을 잘 모르는 사람이라서 내가 정말 좋아하는 음악을 편히 말할 수 있다'고 고마워했다. 싱그럽게 웃는 여자를 바라보는 남자의 눈매 끝이 사랑스럽게 휘어졌다.

악보 없이도 완성되는 사랑의 마음을 재즈라고 부르는 것은 아닐까. 조금은 기우는 듯한 두 사람의 균형이 그곳에선 제법 멋진 엇박자의 재즈가 되었다.

You Don't Know What Love Is. 라디오에서 흘러나오는 쳇 베이커의 목소리를 듣는다. 음악처럼 두 사람의 모습이 자연스레 떠오른다. 그들은 여전히 서로에게 각별한 순간이 되어주고 있을까.

새벽에 듣는 재즈는 지나가는 것이 아니라 이제야 다가오고 있는 것이다. 음악이 멀리 있는 것이 아니듯 그리움은 언제나 가깝다.

침묵 속에서

사랑한다 그립다 보고 싶다 말로는 못다 할 마음이기에
침묵한다. 언젠가는 다 지나갈 것이다. 이렇게 뜨겁고 아
린 가슴에도 티끌만 남는 날이 올 것이다. 침묵 속에서
나는 모든 것을 듣고 말할 수 있다. 침묵 속에서 나는 모
든 것을 사랑하고 기다릴 수 있다. 오직 침묵 속에서만 용
서하지 못할 너를 보내준 나를 용서할 수 있다.

줄다리기

내가 잡은 것은 그대일까. 그대를 놓지 못하는 나일까. 내가 그리워하는 건 지나간 추억일까. 지나간 추억 속의 나일까. 나는 줄다리기를 한다. 나를 놓을지 잡을지. 끊을지 당길지. 그저 내려놓을지…. 내가 붙잡고 있는 건 나일까. 나이기를 바라는 그대일까.

매미가 운다

변할 수 있다는 희망이 나를 변하게 할 거라고 믿었다. 나를 향한 당신의 믿음이 완전했다면 나는 달라졌을까. 나조차 나를 믿지 못하면서 누군가의 믿음이 나를 바꿔주리라는 어리석은 기대를 했다.

매미가 운다. 너에게 붙어서 우는 것밖에 하지 못하는 매미—
자기 날개는 보지 못한 채 너라는 희망만 붙들고 사는 매미—
예전처럼 살기는 싫다고 돌아가기 싫다고 애원하는 매미를 바라볼 자신은 아직 없다.

서울역 앞에서 만난 파울

내 집은 너무 작아 주머니에 넣고 다닐 수도 있어
트레일러에 누워서 밤새 달리는 꿈을 꿔

너는 세상이 엘리베이터로 보이겠지
나에게는 사다리일 뿐인데
끝은 없고 태양도 보이지 않아

나는 꿈에서도 다리가 아파
꿈에서도 배가 고파
내가 사라져도 누가 알겠어
나조차도 상관없어

왜 나에게 일어서라고 해?
왜 희망을 바라보라고 해?
왜 나를 귀찮게 하니?
내 앞을 얼쩡거리지 마

난 태어날 때부터 혼자였어
나를 길러준 건 나 자신이야
슬픔과 외로움이 그림자니까

나를 조건 없이 원한다면
내 심장을 대신 지불할게
가득 찬 너의 가슴에
먼지처럼 작은 심장을

나를 위한다면
빵 대신 마음을 떼어주길
너의 진심에는
영원히 식지 않을
미소를 나눠줄게

우리 인생에 유효기간이 있는 이유는

그이와 나는 별스러운 관계는 아니었습니다. 가끔 만나 안부나 물으며 거리를 유지하는 사이였지요.

말 만들기 좋아하는 사람들 때문인지 그이에 대한 확인되지 않은 평판이 떠돌아다녔습니다. 좋은 집안 무남독녀로 태어나 콧대가 높고 은근히 사람을 무시하는 경향이 있다는 말을 들었지만, 내가 보기에 그이는 프로페셔널한 디자이너이자 합리적인 성격의 소유자였습니다. 아마도 그 깔끔함이 정 없음으로 비쳐졌거나, 모임에 초대를 해도 응하지 않는 태도가 오해를 불러일으킨 듯 싶었습니다.

누구나 말 못 할 사연이 있듯 그이에게도 감추고 싶은 표정이 있을 텐데 애써 들춰 자기 식대로들 해석하더군요. 자신을 제대로 볼 줄 모르니 남의 티끌이 더 커 보인 건지도 모르겠습니다.

아직 철이 아닌데 일찍 피어난 개나리꽃 담벼락 아래서 그이의 소식을 들었습니다. 간밤에 심장이 멈춰 하늘나라로 옮겨졌다는 이야기였지요.

한창일 스물아홉. 그이의 시간이 멈춰버렸다는 사실이 믿기지 않았습니다. 심장이 약해서 어린 시절부터 수학여행 한번 가지 못하고 조바심 내며 살았대. 결혼을 하지 않은 것도 아이를 낳지 않겠다 한 것도 몸이 아파서였나 봐. 난 그것도 모르고 왜 결혼 안 하냐고 오지랖을 부렸지 뭐니….

단톡방은 그이의 이야기로 불이 꺼지지 않았지요. 살아서는 오해로 죽어서는 후회로 사람들은 타인의 이야기를 쉽게 흘려보냈습니다. 그마저도 자신들의 미안함을 풀기 위한 변명처럼 느껴지더군요.

때때로 말은 풀씨처럼 떠다니지요. 너무 가벼운 것은 도리어 깊은 상처를 남긴다는 것을 모르는 사람들도 있으니까요.

심장이 약했구나… 수학여행 한번 가보지 못했구나… 평소 말수가 적고 지나치게 조심성이 많던 예민함이 뒤늦게 이해가 되더군요. 누군가 여행을 다녀왔다고 하면 조용히 자리를 뜨던 행동이 무례해서가 아니라 슬픈 마음을 감추기 위해서였다고 생각하니 그 또한 이해하지 못할 이유가 없었습니다.

남들에겐 사소한 일상이 그이에겐 내내 무거운 소망이었을 겁니다.

애들 키워봐야 모자란 장사라는 말, 남편은 원수라는 하소연, 여행지에서 생긴 해프닝, 연인들끼리의 투덕거림… 그런 사소한 이야길 들을 때마다 그이는 무슨 생각을 했을까요.

어느 날 갑자기 심장이 멈추면 사랑하는 사람들이 외로이 남겨질지 모른다는 두려움에 평생 혼자이기를 자처했을 거란 생각이 들더군요. 그래서 혼자가 편하다는 말을 자주 했구나. 혼자여서 편하단 거지 행복하다는 말은 아니었는데…. 속마음을 읽어낼 시간은 꽃이 핀 뒤에야 찾아왔지요.

살아생전 나는 그이를 잘 몰랐습니다. 제대로 알 생각조차 하지 않았는지도 모르지요. 떠나고 나서야 그이의 모습을 편견 없이, 있는 그대로 보지 못한 후회가 깊이 남았습니다.

이르게 핀 개나리꽃을 볼 때면 그이의 짧디짧은 삶이 떠올라요. 더불어 짧은 삶에 주어진 긴 여운을 되새기게 됩니다. 무료하다, 지겹다, 하루가 의미 없이 길다, 살기 싫다… 내가 습관처럼 내뱉던 말버릇을 고친 것은 그이의 못다 한 삶이 건네준 큰 의미였습니다.

무료하다는 말 대신 고맙다는 말로
지겹다는 말 대신 소중하다는 말로

하루가 의미 없이 길다는 말 대신
애틋하게 지나가고 있다는 말로

살기 싫다는 말 대신
그래도 살아가겠다는 말로
그래도 살아보겠다는 말로

인생을 속단하는 말이 아니라
인생의 기회를 여는 말로
남은 하루에 힘을 보태어봅니다.

우리 인생에 유효기간이 있는 이유는 짧은 여행길이 상처가
아닌 사랑으로 기억되길 바라는 마음 때문이 아닐까요.
어느 하나 소중하지 않은 인연이 없듯 소중하지 않은 시간은

없습니다. 그러므로 인생의 여행길에서 만난 모든 인연이 상처
와 오해보다는 그리움으로 채워지길 바라봅니다.

Radio France를 듣는 밤

잠깐 사이 눈이 왔고, 나는 내게 닿은 눈송이가 운명일지도 모른다고 믿었다. 잊는다는 게 힘든 건 아니다. 어차피 녹을 것을 붙잡고서 견딜 수 없는 때를 기다리는 것이 아프다. 클래식이 아름답기 시작했을 때 클래식이 아닌 다른 곳에서는 아름다움을 찾지 못하는 내가 보였다. 너를 사랑한 순간 다른 사랑이 내게 없을 거라는 예감으로 나를 홀로 내버려둔 것처럼. 이 악장이 끝나기 전에 다시 눈이 내렸으면. 무엇이든 내게로 와주었으면. 네가 되었으면.

Lento,

   Adagio,

    Andante,

      느리게 느리게 다가오는

        눈

           송

         이

           들.

너의 낮과 나의 밤

너를 처음 만난 순간을 떠올려본다.

몇 번이고 그 시간으로 돌아가서
다른 선택은 없었을지 되짚어보기도 해.
수없이 반복해서 너를 스쳐가지만
깨어나면 너에게 더 가까이 다가가 있었지.

너와 통화하는 늦은 밤이
나에게는 낮보다 환한 시간이었어.
그 밤 내 얘기를 들어준 인연이었다는 게
나는 고맙다.

어느 날 전혀 상관없는 사람처럼
예상치 못한 길에 들어선 듯
네가 안녕을 말한다고 해도

우리는 다른 낮과 밤을 걸었던 거야.

너의 감정이 끝났다고 해서
내 감정의 이별을 종용하지는 마.
나에게서 너를 덜어내는 건
나를 모두 지워내는 거였어.

너를 처음 만났던 순간을 떠올려본다.
몇 번이고 그 시간으로 돌아간다.

다시, 이별한다.

다시, 사랑한다.

이런 노래

나를 사랑하지 않는 너를
미워하지 않고 놓을 방법이 있을까

나를 싫어하지 않고
아름다운 너를 보내줄 수 있을까

네가 웃으면 나는 눈물이 나
나는 멈추고 너는 걸어가지
이곳에 비가 내리면
그곳엔 태양이 뜨겠지

너는 내 세계의 전부
조각으로 빛나는 빙하
아물지 않을 모서리

너는 사라지고 사라지다
다시 태어나는 눈송이

녹지 않는 스노우볼

잃어버린 나의 이름

너를 사랑한다고 말할 수 없어

오늘도 나는

널 미워할 노래를 불러

la la la um um 너를 미워해

　　　　la la la um um 너를 미워해

　　　la la la um um 너를 미워해

그대가 모르는 곳에서 사랑이 온다

이 비가 그치면 바람이 불 것이다

바람이 멈추면 눈이 내리고

하늘이 무겁게 구름을 실어 나를 것이다

웃음 같은 어쩌면 울음 같은 꽃잎의 시간에서

나는 홀로 계절의 책갈피에 꽂혀 있으리라

그대의 마지막 페이지를 넘기지 못해

처음부터 다시 이별을 읽어가는 밤

이 세상 어딘가 반짝이는 곳에는

우리가 함께한 순간이 남아 있을 것이다

헤어짐의 아픈 기억을 뒤돌아보는 지금

모든 상처는 사랑으로 아팠고

사랑은 상처를 아물게 했다

이별에게 손을 내밀 때

낯선 얼굴로 인사를 건네며 해가 뜰 것이다

그대가 없는 곳에서 아침이 오듯

그대가 모르는 곳에서 사랑이 올 것이다

좋았다, 그 마음만으로도

야근을 하고 밤늦게 택시를 탔다. 어제
도 야근, 그제도 야근. 세상 모든 일은 나 혼자 하는 것 같은데
삶은 진전되질 않았다. 나는 맥이 빠져 차창에 머리를 기댄 채
그저 빨리 집에 도착하기만을 바랐다.

내 기분과는 상관 없이 택시 기사님은 라디오 볼륨을 높이고
빗속을 달리며 노래를 부르기 시작했다. 나는 임영웅이 좋아요.
노래가 좋아. 아가씨는 뭐, 좋아하는 거 없어요?

없어요. 내가 차갑게 말하자 그는 조금 당황한 눈치였다. 아저
씨는 뭐가 그렇게 좋은 건데요? 나의 불친절함에도 그는 여전히
친절하게 대답했다. 좋은 게 있다는 게 좋지요. 얼마나 좋아요.
아직 좋아하는 게 있다는 거요.

좋은 걸 잊으면
좋지 않은 것만 남더라고.
그럼 사람이 점점 외로워져.

택시 기사님은 휘파람을 불었다. 나는 음정도 박자도 엇나가는 노래를 들었다. 빗줄기도 엇박자로 쏟아졌다. 가로등 불빛도 엇박으로 기울어져 있었다. 타인의 삶, 그 박자를 맞추느라 내 음을 잊고 있었다. 사는 동안 힘든 것만 생각하느라 힘이 되는 것을 놓치고 있었다.

내가 좋아하는 것들을 적어본다.
내가 좋아했던 것들을 적어본다.

당신도, 그 시절도, 지나간 모든 순간이

좋았다.

그 마음만으로도,

좋았다.

다시, 봄

당신이 사랑하고 있기에 봄이 옵니다. 사랑받고 싶은 간절함이 겨울을 봄으로 태어나게 했듯 이별은 헤어진 당신이 여전히 헤어지지 못한 당신에게로 보내는 문밖의 계절입니다.

sunset

지금의 슬픔이 슬픔의 전부는 아닐 것이다

우리의 이별이 이별의 끝은 아닐 것이다

그러니 지나간다

슬픔도 이별도 아무 일이 아닌 것처럼

내일 다시 만날 인연처럼

울음의 바닥에서 웃음인 듯 솟아오르는 네가

이제 더는 내 것이 아니듯

이 슬픔도 사랑도 네게서 잠시 빌려온

추억의 다른 이름일 것이다

노을이 흐르는 저녁 창가

넌 무슨 생각을 하니?
난 너를 생각하지 않을
시든 햇빛 속의 나를 생각해

제발 안녕,

돌아올 수 없다면
멀리 날아가

나이가 든다는 건

엄마가 그리운 날이면 내 얼굴을 만져.

엄만 작은 일에도 잔소리가 많았지.
우린 거의 매일 싸웠어.
나는 엄마 곁에서 멀어지려 했지만
깊은 밤이면 엄마는 어김없이 내게 와서
이불을 덮어주고 얼굴을 오래 쓰다듬었지.
내가 자는 줄 알고.

그날이 떠오르면 내 얼굴을 만져.
내 얼굴에 남은 엄마를 만나려고.

내 나이였을 적에 엄마는 수시로 곁을 비우는
남편 대신 조롱박 같은 남매를 홀로 키웠어.
요구르트 판매원으로, 보험회사 외판원으로
등허리 한번 제대로 펴지 못하는 숨 가쁜 오르막길을

엘리베이터도 없는 어두운 연립주택 계단을
아무도 듣지 않는 피아노를 연주하듯이
발이 부르트게 걷고 또 걸었지.

겨우 내 나이였을 적에 말이야.

매일 살아갈 걱정,
살아낼 걱정을 하셨을 거야.
너무 고달프고 외로워서
밤마다 혼자 울었던 거야.

엄마 나이가 되어 보니 알겠어.
엄마처럼 산다는 게 얼마나 대단한 건지.

나이가 든다는 건
그 사람 얼굴에 감춰진
세월을 읽는 거야.

나이가 든다는 건
사랑하는 사람의 진심을
천천히 알아가는 거야.

나이가 든다는 건
굴곡진 주름과 처진 눈꼬리
기미와 흉터, 깊어진 눈빛까지도

나를 자신보다 사랑한
당신의 마음을 배우는 거야.

누구든, 무엇이든, 어떻게 하든

나의 아픔을 말하지 못해도
별이 뜬다
나의 슬픔을 보여주지 않아도
비는 내린다

외롭냐고 너는 묻는다
슬프냐고 너는 묻는다

나는 들키고 싶지 않은 비밀을 간직한
달빛이 아프다
그리움으로 곪아가는
달무리가 아프다

나의 고통을 말할 수 없다 해도
너는 내게로 온다

그 무엇이 아니라 해도

그 무엇이 될 수 없다고 해도

어디선가 새들은 운다

당신은 릴케를 좋아하나요?

내가 손을 내밀면 세상이 손잡아주던 시절이 있었습니다. 젊었고 은빛처럼 날아오를 때였지요. 출근길 버스와 지하철을 갈아타면서도 갈 곳이 있는 게 당연하던 때였어요. 그때는 젊음의 호사가 세월 앞에서 무력하게 지나갈 거라고는 생각도 못 했고요. 더 오를 계단이 남았을 거라고만 믿었지, 인생의 중심에서부터 외곽으로 비켜날 수 있다는 건 꿈에도 몰랐어요.

젊음을 바쳐 일한 곳에서 권고사직으로 퇴사한 날, 고층 빌딩 사이로 떠오른 달이 애드벌룬처럼 보였다고 말했던가요?

우리는 달이 빛난다고 믿지만 사실 달은 빛을 낼 수 없는 행성이라더군요.

내가 평생 좇아온 게 빛이 아니라 빛을 닮은 현상이었다는 것을 인정하기가 왜 그리 어려웠는지 모르겠습니다. 열정을 다해 살아온 삶이 일방적인 매달림에 지나지 않는다는 것을 어떻게 받아들일 수 있었겠어요. 아직 달릴 힘이 남아 있다고 한들 나보다 더 빠른 속도로 완벽한 경로를 향해 달려가는 젊음이 세상에는 넘쳐나잖아요.

그걸 무슨 수로 이기겠습니까.

나 역시 젊음을 앞세워 누군가를 그렇게 앞질러왔을 테니.

24시 편의점 앞 파라솔 의자에 앉아 상자 하나로 정리된 나의 이력을 되짚어보았습니다. 그 와중에도 내가 떠난 자리에 이미 앉아 있을 누군가를 떠올리며 능력 차이를 저울질하고 있는 나 자신이 실망스럽더라고요.

밥 먹을 시간도 없이 달렸던 날들이 생각났어요. 이득이 되지 않는 일은 낭비라며 자판기 커피 한 모금의 여유도 사치로 여겼거든요. 행여나 구조조정 대상에 오를까 없는 건수도 만들어서 뛰어다녔고요. 각종 보험이며, 대출, 집세, 관리비….

들어오기 무섭게 바닥을 치는 수치는 내가 여전히 바깥에 있음을 증명하고 있었지요. 그래서 저 고층 빌딩의 작디작은 자리만을 인생의 기회라 여기며 살아왔는지도 모르겠네요.

다 잃었다고 생각하니 당신 얼굴이 떠올랐습니다.

몇 번이나 전화하려다가 끝내 하지 못했습니다.

이제야 비겁하게 당신을 떠올린 나를 용서하지 못하겠더라고
요. 사람의 마음이란 얼마나 간사한가요. 잘나갈 때는 높은 곳
만 바라보고, 바닥에 닿은 순간에는 곁에 있는 것에 매달리게
되네요. 언제나 내 입장을 배려해주던 당신의 마음을 나란 인간
이 어떤 식으로 이용해왔는지 이젠 알 것 같습니다.

당신은 사거리 편의점에서 일했지요.
편의점에서 가장 오래 일한 사람이라고 했습니다. 그 말은 그
곳을 떠나지 못한 사람이라는 뜻이었지요. 회사가 끝나고 가끔
편의점에서 컵라면이나 도시락으로 늦은 저녁을 해결하다 보
면 당신과 단둘이 남겨질 때가 있었습니다. 당신은 일거리가 없
는 틈틈이 책을 꺼내 읽었고 그 모습이 내게는 퍽 예쁘게 보였
어요.
당신 때문에 파블로 네루다를 알았고 릴케를 배웠습니다. 바
깥 파라솔 의자를 제자리에 정리하는 당신을 훔쳐보다가 용기

내어 말을 걸었던 날을 기억하나요?

왜 여기서 일해요? 당신은 물걸레를 든 채 나를 빤히 보았습니다. 여기가 어때서요. 당신의 삐뚜름해지던 입술, 똑부러진 말소리에 나는 무례한 질문을 했음을 깨달았지요. 당신은 엎질러진 라면 국물을 정리하고 나서 내 뒤통수를 향해 지나가듯 말했어요.

24시간 불 밝혀주는 곳이 있다는 게 마음에 들어서요. 여긴 혼자 밥 먹기도 편하잖아요.

당신은 글을 쓰고 있다고 했어요. 글 쓰는 게 좋다고. 이 일도 좋아서 하는 일이니 함부로 말하지 말라고. 나는 그저 좋은 일, 그냥 행복한 일을 생각해본 적이 없었거든요. 경쟁을 통한 실적 싸움에서 벗어나서 즐겁게 해보았던 일은 기껏해야 헬스 정도였어요.

하지만 헬스도 어느 순간부터는 몇 킬로그램을 빼야 한다는 목적으로 바뀌었고요.

저기 사거리 맞은편 큰 회사 다니시죠?

그걸 어떻게 알았어요?

거기 다니는 사람들은 밥 먹을 때 항상 시계를 봐요.

당신에게 나란 사람은 대기업에 다니는 인재가 아니라 시계 앞에서 벗어나지 못한 사람 정도였던 거예요. 그 당당함이 좋아서 당신을 만나고, 당신과 연애를 하고, 언젠가는 결혼도 할 수 있지 않을까 미래를 그려보기도 했지요. 약속 한번 제대로 지켜본 적 없는 나의 궁색한 변명 앞에서 인내심을 가지고 기다려준 사람이니, 나는 늘 당신이 곁에 있으리라 여겼죠.

그때 우리가 헤어지지 않았다면 당신은 나로 인해 계속 외로웠을 겁니다.

당신이 원한 건 나와 천천히 밥을 먹을 수 있는 시간이었는데 나는 연봉이 얼마나 올랐는지, 내년엔 진급할 수 있는지에만 초점을 맞추고 있었지요. 당신이 무엇을 원하는지 귀담아 듣지 않으면서요. 나는 새로운 걸 찾느라 소중함을 잊었고, 소중함을 잊었기에 새로울 것이 없었습니다.

　　당신은 나를 사랑해?
　　사랑하니까 만나지.
　　아니, 진심으로 사랑하냐고.

　　나는 그날을 기억합니다. 당신의 아버지가 돌아가신 날이었
고, 나는 바이어와의 중요한 미팅으로 회사에 꼼짝없이 묶여 있
던 날이었습니다. 물속 깊이 잠겨 있던 당신의 목소리를 듣고도
나는 함께해주지 못해 미안하다는 말 대신 내가 맡은 일이 얼마
나 중대한지만을 알리려고 했죠. 당신은 괜찮다고 했습니다. 언
제나 그랬듯이.

　　…나는 이제 다음을 이야기하고 싶지 않아. 마지막 전화일지
모르니까 바쁘다는 핑계로 끊지는 말아줘.
　　지난번에 편의점에서 회사 동료들을 만났을 때 난처해하는
당신의 모습을 봤어. 나를 모른 척하던 시선도 봤고. 내 존재가

당신에게는 딱 그 정도였다는 걸 알면서도 당신의 존재가 나보다 소중해서 내려놓을 수가 없었던 것 같아.

알아. 당신이 삶을 위해 애쓰고 있다는 거. 근데 그 삶에 나는 없더라. 당신은 언제나 나에게 내일을 이야기하지만, 오늘이 없으면 내일도 없는 거잖아. 당신은 자신만을 위해 살았던 거야. 난 그러지 못했는데….

아버지 돌아가시고 나니 정신이 번쩍 뜨이더라. 내 글의 주인공은 언제나 타인이었어. 내 인생의 주인공도 남이었고. 우리 이별엔 거대한 이유 같은 건 없어. 늦기 전에 나를 위해서도 살아보고 싶어졌을 뿐이야.

우리의 마지막 대화는 함께했던 시간에 비해 터무니없이 짧았습니다. 마지막까지 당신은 내 안위를 걱정해주었지요. 당신이 떠나고 편의점으로 가는 사거리의 신호등이 더는 의미가 없다는 걸 깨달았지만 붙잡을 용기가 나지 않더군요. 그때의 나는 끝까지 나를 위한 사람이었으니까요.

어둠을 밝히는 별들이 사라져가기에 지상의 불빛들이 꺼지지 않는 걸까요. 나를 기다려준 당신의 마음이 없었다면 여기까지도 못 왔을 테지요.

그래요. 나는 잃은 게 아니라, 애초에 무언가를 가질 자격조차 없었던 겁니다. 나를 향한 당신의 마음이 세상 전부일 수도 있음을 무시하며 살지 않았습니까.

삶의 전방에서 밀려나고 나니 나를 지켜준 마음들이 보이네요. 미안해요. 당신이 듣지 않는다 해도 진심으로 미안하고 고마웠다고 말하고 싶어요.

당신은 인생이란 더 많이 가지는 것이 아니라 더 많이 안아주는 거라고 했지요. 잠깐 멈춘다고 두려워할 필요는 없다고요. 삶은 많은 것을 필요로 하지 않나 봅니다. 아플 때 생각나는 한 사람만 있어도 이미 충분한 것임을 느껴요.

그 따스한 위로를, 깊은 사랑을, 늦은 저녁으로 받습니다.

당신은 지금도 릴케를 좋아하나요?

위노나 젤렌카의 연주곡을 자주 듣나요?

조용히 말하고 듣기를 좋아하나요?

서점 바닥에 아무렇게나 앉아 책을 읽기도 하고요?

무엇이든 참 예뻤어요.

당신 자체로.

그대가 온다

눈이 온다

괜찮다고 말하고 싶다

이해한다고 말하고 싶다

당신을 잊었다고

당신을 용서했다고

아니야,

아니,

잇
· 을
· 수
· 없
어 ·
·

못다 한 마음으로

눈이 내린다

약속

닫힌 창문 밖으로

어김없이 봄은 온다

명백한 불가능

너를 잊을 수 있는
방법을 알고 있다.
지금 당장
나를 지워버리는 것이다.
불가능하게도 이것은
널 영원히 잊지 못하는 이유이자
끝까지 너를 붙잡으려는
내 최후의 보루이다.

낮달

깜빡깜빡 지나왔다, 잊지 못할 이름인 줄 알았는
데 가끔 잊으며 지우며, 깜빡깜빡 속눈썹이 어롱
대듯 희미하게 떠올리며, 어디선가 봤던 그대인가
모르는 사람처럼, 지나가는 것이 사랑인가, 믿지
못할 사랑을 달래며, 깜빡깜빡 나를 넘어갔다,
너의 모습이 조각나 보이지 않을 때까지, 감은 눈
의 찰나로 너에게 떠 있었다, 추억을 추억하지 않
을 나에게로 데려가다오, 우두커니 혼자 남아 보
일 듯 말 듯, 하얀 웃음을 앓고 있는 시절에게로,

까만 밤 하얗게 달이 뜨네

사랑만이 내 이름을 불러주었지
당신만이 나를 알아주었지
울고 있는 날 웃게 해줬지
차가운 손을 잡아주었지

사랑만이 내 이름을 불러주었지
당신만이 나를 찾아주었지
혼자 있는 날 안아주었지
둘이서 멀리 멀리 걸었지

누가 날 이렇게 사랑하나
누가 날 이렇게 예뻐하나

까만 밤 하얗게 달이 뜨네
그대 마음에 별을 끄지 마오
까만 밤 하얗게 달이 뜨네
그대 마음에 문을 닫지 마오

Smile to oneself

손 잡고 걷던 모든 길이 아득히 낯설어진다.

헤어짐이란 그런 것이다.

세상이 오른손잡이인 나에게

왼손으로 건네는 악수.

작가의 말

글을 쓰는 이유를 잃어버린 시간이 있습니다.
물길 없는 사막을 건너온 셈입니다.

나에 대한 기대와 믿음이 메말라도
곁을 지켜주는 마르지 않는 마음길이 보입니다.
바닥을 직면하니 넓이와 깊이를 가늠하게 됩니다.
이유나 목적 없이도 글을 쓰는 자체로의 기쁨이
그저 사랑 안에 있음을 마주합니다.

서랍 깊숙이 숨겨두고 십여 년은 지나버린
닫힌 창문 같은 이 원고의 길을 활짝 열어준
오늘산책 유윤희 대표님께 감사드립니다.

이름 없는 풍경에 숨을 넣어준 원승연 포토그래퍼,
문학인의 책무를 일깨워주시는 윤학 스승님,
변함 없는 위안과 힘이 되는 민주 작가,
사랑하는 가족과 기도해주는 모든 분에게 감사드립니다.

책이 잘 읽히지 않는 시대에
읽어주는 독자들이 있음을 감사합니다.
글이란 작가로 완성되는 것이 아닌
독자를 만남으로 완전해짐을 배웁니다.

숫눈길에 찍힌 첫 발자국처럼
오랜 기다림이 답이 되어 돌아오기를,
소중한 당신이 소중한 삶을 살아가기를,

멀지만 여전히 가까운 당신에게
깊은 안부를 전합니다.

　때마침 창밖 화단에 백합이 흐드러진 장마 무렵이었을 것이다. 크고 작은 콩쿠르에서 두각을 드러내며 성악 유망주로 주목받던 그녀는 어려운 집안 형편과 고질적인 호흡 기관 문제로 음대 진학을 포기하고 만다. 그때의 박탈감과 고립감을 글로 쓰면서 펜과 노트만 있다면 가난함마저 품어주는 것이 문학임을 마주하게 된다. 아버지가 가져다주는 갱지 묶음에 시와 일기를 쓰며 외로움을 달래던 어린 시절 '글을 쓰는 순간에는 숨을 참고 있어도 숨이 쉬어지는 것 같았다'고 고백할 만큼 문학은 그녀에게 산소호흡기 같은 것이었다. 애초부터 성악가나 피아니스트가 아닌 작가의 길이 그녀의 선택지였을지 모른다.

　스물넷에 등단해 새롭고 개성 넘치는 작품으로 신선한 충격을 안겨준 그녀는 줄곧 상상력과 신비로움으로 무장한 글로 독자를 사로잡았다. 대부분 초등학교 때 쓴 시를 묶은 동시집 『그래도 나를 사랑해』(문학과지성사)와 인간 존재를 집요하게 탐구한 두 권의 판타지 장편동화 『플로라의 비밀』(문학과지성사), 『꼰끌라베』(문학과지성사)와 연작소설 『파파스, 1, 2, 3』(풀그림)에서 그녀는 자신만의 목소리로 시공간時空間을 넘나드는 작품 세계를 선보였다.

그녀의 첫 에세이 『전하고 싶은 말이 있어서 오늘이 왔어』에서는 우리가 그동안 눈치채지 못한 깊은 사랑의 농밀함과 가슴 따듯한 감성을 만나게 된다. 잠시 멈춰서 바라보게 되는 아름다운 사진을 배경으로 그녀는 사랑의 본질을 예리한 언어의 핀셋으로 따 와 형상화한다. 음악과 문학의 접점을 누구보다 잘 알고 있는 그녀이기에 여기 실린 모든 글은 사랑하거나 사랑을 잃은 당신에게 보내는 간절한 위로의 노래로 다가온다.

누구든 이 책을 읽으면 그녀가 들려주는 사랑의 시와 피아노 연주와 백합 향기를 들이쉬는 성악곡을 듣게 될 것이다. 가보지 않은 곳 갈 수 없었던 곳 함께 손잡고 갈 수 있겠다. 오랜 시간 잊고 산 시적인 순간의 풍경과 음악과 이야기와 웃음도 현재화現在化할 수 있겠다. 지금 이 순간 여기, 당신과 함께 있는 느낌으로 충만하겠다.

—이윤학(시인)

『전하고 싶은 말이 있어서 오늘이 왔어』는 특별하지 않은 보통의 하루라도 사랑의 마음을 전달하기에는 모자라지 않음을 깨닫게 합니다. 우리는 때로 눈앞의 결과에 집중하느라 살아감의 소중함을 놓칩니다. 곁이 되어준 인연의 아름다움을 알아보지 못한 채 불신과 오해로 멀어지기도 합니다. 우리에게 오늘이 온 이유는 놓쳐버린 인생의 의미를 마주하게 함이 아닐까요. 이 책은 상처로 얼룩진 어제의 아픔을 오늘의 사랑 한가운데로 이끌어냅니다. 헤어지는 삶을 사는 우리에게 영원히 이별하지 않을 사랑의 순간을 되살려줍니다.

우리는 모두 엇박자의 삶을 살아갑니다. 누구의 삶도 완전할 수는 없습니다. 어느 하나 소중하지 않은 인연이 없듯 소중하지 않은 시간(「우리 인생에 유효기간이 있는 이유는」)은 없습니다. 『전하고 싶은 말이 있어서 오늘이 왔어』는 하나의 예시가 아닌 유일한 의미(「당신에게 솔직하지 못했던 이유」)로 당신은 중요한 존재임을, 그러므로 세상과 같은 속도(「너의 속도로 다시 시작해」)가 아닌 당신만의 속도로 남은 인생을 소중하게 살아내기를 바라는 위로의 마음이 담겨 있습니다. 함께 듣고 싶은 음악 같은 아름다운 글귀를 따라 읽노라면, 비가 멈출 때까지 말없이 온몸으로 안아(「위로」)주는 온기 어린 심장 박동이 전해져올 것입니다.

— 김형규(음악 프로듀서)

전하고 싶은 말이 있어서 오늘이 왔어

펴낸날   초판 1쇄 인쇄 2024년 7월 31일
       초판 1쇄 발행 2024년 8월 7일

지은이   오진원
사 진   원승연

펴낸이   유윤희
펴낸곳   오늘산책
기 획   이윤학
편 집   송은지
마케팅   이한글 · 진수지
디자인   행복한물고기
제 작   제이오
펴낸곳   오늘산책

출판등록   2017년 7월 6일(제2017-000141호)
주 소   서울 종로구 종로 227-5, 2층
전 화   02.588.5369 | 010.7748.5369
팩 스   02.6442.5392
이메일   oneul71@naver.com
       yuyunhee@naver.com
ISBN   979-11-93703-02-1 03810